魔王のあとつぎ
2
吉岡 剛
ラスト◆菊池政治
JN072328

「ばっ！　馬鹿!!　こんな場所でなんて魔法を……!!」

「ラティナさん!!　耳を塞いでしゃがんでくださいまし!!」

「派手にいくわよ!!　いっけえええええっ!!!!」

シャルロット＝

ウォルフォード

「おかえりなさいませ！
シルバーお兄様！」
ヴィアちゃんが、突然現れたお兄ちゃんに
向かって突撃し、お兄ちゃんもいつものように受け止めた。
もう、ヴィアちゃんがおっきなワンコにしか見えない……。
オクタヴィア＝
フォン＝アールスハイド
シルベスタ＝
ウォルフォード

「ラティナ。シルバー様と恋人になって
ヨーデンに来てもらえるように説得してくれないか？」

嫌な予感が的中した。

「む、無理だよ！　今日会ったばかりなんだよ⁉」

ラティナ＝カサール

魔王のあとつぎ2

吉岡 剛

FB
ファミ通文庫

イラスト／菊池政治

CONTENTS

◆プロローグ◆

かつて、アールスハイドを初めとする国々は、世界にあるのは自分たちの国だけだと思っていた。

ところが、険しい山脈と広大な砂漠の先に、自分たちとは別の文明を築いた人類がいた。

そのことは、発表したとたん世界を驚愕の渦に陥れた。

それが、いまや魔石輸入においてなくてはならない国、クワンロンである。

今まで見つかっていなかった国が見つかったことで、人々の間にはある思いを持つものが現れた。

それは、もしかしたら、まだ発見されていない別の国があるかもしれない、ということだった。

その思いに取り憑かれた人間の中には、まだ見ぬ新しい国を求めて、世界中を旅するものも現れた。

そういったものたちの中に、ある人物がいた。

シン＝ウォルフォードである。

彼は、全く新しいタイプの船舶を建造し、陸続きの大陸を探すのではなく、海にその可能性を追い求めた。

そして、その目論見は見事に当たり、新大陸と新国家を発見した。

こうして新しい国『ヨーデン』と国交を結ぶために動き出したアールスハイド王国。

お互いの文化交流を図り、実に平和的にその交渉は行われることになった。

その立役者であるシンは、また世間から評価を得ることになるのだが、シンがこの交流での中心人物になることで、影響を受ける人物がいた。

シャルロットである。

◇第一章◇　はじめての留学生

南洋の新大陸にある国、ヨーデンから使節団が来て一週間が経った。

その間、パパは王城から毎日呼び出されて使節団の人と交流を図っていた。

パパの身分は平民なのに、なんで国同士の話し合いに参加させられているんだろう？　と疑問に思って聞いてみると、ヨーデン側が提案する交流の中にアールスハイドの魔道具技術の伝授があるらしい。

その代わり、ヨーデンからアールスハイドにない魔法技術の伝授があるとのこと。

アールスハイドの魔道具技術の発展はほぼパパの功績だし、ヨーデンからの魔法技術の伝授もパパが教えてもらうのが一番効率がいいかららしい。

パパ、天才かよ。

……天才だったわ。

ヨーデンから教えてもらえる魔法技術というのがどういうものなのか教えてもらいたかったけど、ちゃんと習得してから皆と同じ時期に教えるということで、今はまだ教えてもらえなかった。

ただ、相当パパの気を引いたようで、家に帰ってきてからもパパの部屋……私たちは実験室って呼んでるけど、その部屋によく籠もっている。

家に帰ってくるなりご飯のとき以外はずっと籠もっているのでママが怒るんじゃないかと思っていたけど、ママもひいお婆ちゃんも苦笑するだけ。

なんでも、パパは昔から一つのことに集中しだすと周りが見えなくなるほど夢中になるんだそうだ。

その辺、ママはすっかり心得ているようで、ある程度籠もる時間が経過すると休憩を促しに行く。

そして、しばらく出てこない。

相変わらず、いくつになってもラブラブなんだから、まったく。

けど、これだけ集中しているってことは、近々ヨーデンの魔法も習得できるんじゃないかなと思っている。

そんなある日のこと、家に帰ると珍しくリビングにパパがいた。

「あれ？　どうしたのパパ？　もしかして、もう魔法覚えた⁉」

「あー、もうちょっとかな。それよりシャル、ちょっと聞きたいことがあるんだけど」

「なに？」

「シャルのクラスってどんな雰囲気？」

「雰囲気？」

「ああ。シャル、時々友達を家に連れてくるだろ？　あの子たちはヴィアちゃんとも仲がいいみたいだし、クラスメイトだけで結束しちゃってる感じ？」

パパからの予想外の質問に、私はクラスの様子を思い出した。

「うーん。仲は良いけど別にそこまで結束してる感じじゃないかな。男子と女子で別行動することも多いし」

「そっか。じゃあ、大丈夫かな」

「なにが？」

なんか一人で納得したパパに、意味が分からない私は理由を聞いた。

「ああ、実は、ヨーデン側から要望があってね、学生を数人こちらに留学させたいって言ってきてるんだ」

「留学生⁉　あ！　だからクラスの雰囲気とか聞いたの⁉」

パパの言葉で私はピンと来た。

留学生をウチのクラスで受け入れられないかと考えてるんだ！

「そう。まあ、Sクラスは定員十人だけど、パパたちの代じゃ途中でマークたちが増えたりしたし、厳密に十人でなくてもいいみたいだしな」

「あ、それなら大丈夫。一人欠員出てるから」

「え、もう？　まだ入学して一ヶ月くらいしか経ってないのに？」

「うん。なんか、最初の授業で付いていけないって諦めちゃった子がいるんだ」

「そうなのか。じゃあ、ちょうどいいのかな」

「そうそう、それで？　いつ、何人来るの？」

アールスハイドは、教育も文化も世界のトップを走っているから各国から留学生がよく来る。

しかし、私は留学生と実際に関わったことはない。

初めて留学生という存在と関われるかもという期待でワクワクしてしまう。

「いやいや、まだ打診の段階だからね。受け入れ側に問題がないかどうか確認して、それから留学生の選抜に入るから、いつ、何人になるかは分からないよ」

「えー」

期待させといて、そりゃないよパパ。

不貞腐れる私に、パパは苦笑いを浮かべた。

「そう膨れるな。まあ、一人はシャルのクラスになるだろうから、それまで楽しみに待ってな」

「ちぇー」

私のクラスはSクラスで、しかも欠員が一人いるから確実に留学生は一人入るだろう。選抜するって言ってるから優秀な人が来るだろうしね。

「あ、この話、皆にもしていい？」

「ヴィアちゃんは多分話を聞かされるだろうから大丈夫だけど、それ以外はダメ。まだ本決まりじゃないんだから」

「そっか」

あー、皆とこの話題でワイワイやりたかったのになあ。

そう残念がっていると、パパが私の頭をワシワシと撫でた。

「はは、本決まりになったらちゃんと教えてやるから、そう残念そうな顔をするな。それより、本決まりになったらシャルがその子の面倒を見てやるんだぞ？」

「私？」

「そう。シャルはパパの娘だろ？　パパと繋がりのある人がお世話係になった方が、色々と都合がいいからさ」

パパと繋がりのある人……つまり、アールスハイドとヨーデンの話し合いに詳しい人ってことか。

「それって、ヴィアちゃんも？」

「お前……王女様にお世話係やらせるつもりか？」

「あ、そっか。ヴィアちゃん、王女様だった」

私がそう言うと、パパは大きな溜め息を吐いた。

「そこ忘れるなよ……」

パパがジト目でそう言ってくるけど、私もパパにジト目を向けた。

「パパに言われたくない」

私がそう言うと、少し離れたところで話を聞いていたママとひいお婆ちゃんが「「プッ」」と噴き出した。

「シャルの言う通りさね」

「本当ですね」

王族を王族と思ってないパパには言われたくないよね。

私と、ママ、ひいお婆ちゃんからそう言われたパパは「う……」と言って黙ってしまった。

自業自得（じごうじとく）だね。

そんなやり取りがあった翌日、学院の教室でヴィアちゃんに小声で話しかけた。

「ねえヴィアちゃん、留学生の話聞いた？」

私がそう言うと、ヴィアちゃんは一瞬周囲を見回してから小声で返してきた。

「聞きましたけど、ここでそういう話をするんじゃありません。どこで誰が聞いているか分からないんですよ？」

「だから小声で話してるんじゃん」

「そういうことではありません。そもそも話題に出すこと自体……」

「シャルロットさん、殿下。一体なんのご相談ですか？」

私とヴィアちゃんがコソコソ話していると、アリーシャちゃんが割り込んできた。

アリーシャちゃんは、私たちの側に立って腕を組んで見下ろしてきている。

「え？　いや、別に？」

私は咄嗟にそう言って誤魔化したけど、アリーシャちゃんは不愉快そうに顔を顰めた。

いやいや、アリーシャちゃん、王族を敬ってるんだよね？　その態度はよろしくないんじゃ……。

「シャルロットさんと殿下がそうやってコソコソ話し合っているときは、大抵碌なことにならないんですわよ！」

私たちの自業自得だった！

アリーシャちゃんに不審な目で見られている私たちは、過去の所業を思い返して二人で苦笑してしまった。

「いやいや、本当に悪だくみとかじゃないんだよ！」

「ごめんなさいアリーシャさん。これは、他の人には話せない内容ですの」

「……王家とウォルフォード家の話ですか？」

「まあ、そんなとこかな？」

「ええ、そうですわ」

私とヴィアちゃんがそう言うと、アリーシャちゃんはしばらく無言で私たちを見たあと長い溜め息を吐いた。

「……分かりました。信用します。殿下、ご無礼を働きました。申し訳ございません」

アリーシャちゃんはそう言ってヴィアちゃんに深々と頭を下げた。

「大丈夫ですよアリーシャさん。気にしないでください」

私もヴィアちゃんも、特に初等学院のころはアリーシャちゃんによく迷惑をかけたからなあ。

疑われても怒ることなんてできない。

むしろ、今まで迷惑かけてゴメンね、アリーシャちゃん。

そんなことがあったので、私は学院で留学生の話題をヴィアちゃんに振ることは止めた。

どこで誰が見てるか分からないっていう意味がよく分かったからね。

放課後も、大抵デビーが一緒にいるので中々ヴィアちゃんと二人きりになる状況というのが生まれなかった。

そんな状況なので、留学生のことについて話すことができないまま一週間が過ぎたころ、突然パパから告げられた。

「シャル、決まったぞ。シャルのクラスに一人、あと、別のクラスと他の学院にも数人留学生が派遣されることになった」

「え⁉　もう⁉」

まだ打診されてから一週間しか経ってないじゃん！

なのに、もう決まったの⁉

「早急に国に戻って協議したいっていうから、ウチから飛行艇を出したんだ」

「そりゃ早いよね！」

飛行艇を使ったら数時間で着いたらしい。

しかもアールスハイドからの随行員は無線通信機を持ってるから、選抜が終わったらすぐに連絡が来たそうだ。

仕事早すぎ。

「アルフレッド先生にも話を通してあるから、明日にでも発表があるんじゃないかな？」

まあ、ヴィアちゃんとコソコソ話すより皆と話した方がいいし、まあいいか。

こうして、ウチのクラスに留学生が来ることになったのだった。

「という訳で、来週には留学生がやってくる」

パパから話を聞いた翌日、早速ミーニョ先生から留学生についての話があった。

私とヴィアちゃん以外は、突然留学生がやってくるという話にザワついている。

まあ、突然そんなこと言われたらザワつくよね。

「それから、ウォルフォード」

「はい？」

「学院長から、留学生の世話は主にお前がするようにと通達を受けているんだが……大丈夫か？」

「どういう意味⁉　私もパパからそう聞いてるし、その準備もしてるから大丈夫ですよ！」

パパから留学生のお世話係を命じられてから色々と準備してきた。

ヴィアちゃんと話ができないからって、なにもしてなかった訳じゃないんだよ！

「準備……か。ちなみに、どんな準備をしてたんだ？」

「えっと、スイーツの美味しいお店とか、可愛い雑貨を売ってるお店とか、可愛い服を売ってるお店とか調べてました！」

留学生には快適に過ごしてもらいたいからね、色々と調べていたのだ。

私がそう説明すると、ミーニョ先生は「はぁ」と溜め息を零した。

ヴィアちゃんも苦笑している。

あれ？　なんで？

「ウォルフォード、お前……留学生が男だったらどうするつもりなんだ？」

「……はっ‼」

そういえばそうだった！

私にお世話係を任せられたから、留学生は女の子だと勝手に思い込んでた！

っていうか、パパから話があった時点で選抜者も決まってなかったじゃん！

なにしてんの！　私！

「まあ、そんなことだろうと思っていたよ。ワイマール、すまんがフォローしてやってくれるか？」

「かしこまりました」

呆れ顔の先生からお願いされたアリーシャちゃんは、苦笑しながら私のフォローを了解してくれた。

「ご、ごめんね、アリーシャちゃん」

「別に構いませんわ。むしろ、シャルロットさんに任せきりにする方が怖いですもの」

「どういう意味？」

「そのままの意味ですわ」

アリーシャちゃんはそう言うと、ツーンとそっぽを向いてしまった。

「ちなみに、留学生は女性なので他の女生徒たちも手助けしてやってくれ」

『はい』

「ちょっと待って！　女の子じゃん！　私の準備無駄じゃないじゃん！」

確かに、私に依頼してくるから女の子だと勝手に思ってたけど合ってんじゃん！

なんでそんな意地悪言うの⁉

そう思って抗議すると、先生は「はぁ」と溜め息を零した。

「お前、留学生のお世話って、確かに日常の世話も大事だけどそれ以上に大事なことがあるだろ」

「それ以上？」

「学業」

「あ」

そっか、そうだった。

今度来る子は『旅行』に来るわけじゃない。『留学』しに来るんだ。

遊びに来るんじゃなくて、勉強しに来るんだった。

「留学生が不自由しないようにと配慮（はいりょ）するのは立派だがな、本質を忘れてる。留学生はこの国に勉強、特に魔法を勉強しに来る。その準備はしているのか？」

「……」

先生の質問に、私は目が泳いだ。

やば、なんもしてない。

そんな私の様子を見て、先生は再度溜め息を吐いた。

「見ての通りだ、ワイマール、ウィルキンス、フラウ。ウォルフォードの補助をしてやってくれ」

「「はい」」

先生からの依頼に、アリーシャちゃん、デビー、レティが返事をする。

特に先生からの依頼にデビーは目を輝かせながら返事をしていた。

分かりやす。

「あら、先生。私は？」

先生からの指名に入ってなかったヴィアちゃんがそう訊ねると、先生は苦笑していた。

「殿下にお世話係を任せられるわけがないでしょう。向こうの国は王侯貴族は存在せず、全員が平民階級とのことです。そんな国の人間が王族にお世話をされては気が休まらないと思いますが」

「それもそうですわね」

「まあ、友人として交流する程度にとどめてください」

「分かりましたわ」

先生の説得に、ヴィアちゃんは納得したようだ。

「え、先生、王侯貴族が存在しないのにどうやって国を維持しているんですか？」

先ほどの先生の発言を疑問に思ったのだろう、デビット君がそう訊ねた。

デビット君自身平民だから、平民だけでどうやって国を維持しているのか不思議なのだろう。

「ああ、そのことか。実は、今日は実技の授業を変更してヨーデンについて教えるつもりだったから、そこで説明しようか」

先生がそう言うと、レティがスッと手をあげた。

「どうしたフラウ」

「あの、どうして先生がその、ヨーデンのことについて授業できるんですか？」

それは確かにそうだ。

新しく発見され交易を始めようとしている国の名前がヨーデンということは聞いたことがあるが、内情については全く知らされていない。

私もパパから全く聞いてない。

なのになんで先生は授業できるんだろう？

「なんだ、そんなことか。それはもちろん、使節団の人に教えてもらったからさ」

先生のその言葉に私たちはざわめいた。

「え？　なんで？」

思わず疑問をそのまま口に出してしまったが、先生は特に気にせず話し続けた。

「留学生を受け入れるからに決まっているだろう。俺だけじゃない。留学生の受け入れ先の学院や担当する教師たちも一緒に教えてもらった。いや、中々楽しかったぞ」

ミーニョ先生は、授業のことを思い出しているのか楽しそうにそう言った。

「さて、その教わってきたヨーデンについて早速授業していこうか。その前にお前たち、ダーム事変のことは知っているか？」

先生が訪ねてきたのは、私たちが中等学院で習った歴史の話だった。

「もちろんです。私たちの幼少期、ダーム王国が政治形態を変えダーム共和国と名乗るも失敗し、イース神聖国を筆頭とする世界連合の介入によって元の王政に戻された事件ですよね」

ハリー君がそう答えると、先生は満足そうに頷いた。

「そうだ。あのときダームは、国の統治者を王族による世襲制ではなく民間からの選挙で選出し、国を運営しようとして失敗した。で、ヨーデンの政治形態だが……」

先生はそこで一旦言葉を区切り、私たちの顔を見回した。

あ、なんか先生の顔がパパの話をしてるときみたいなドヤ顔になってる。

「その民衆から統治者を選出する方法で成功している国家らしい」

私たちは、その言葉に衝撃を覚えた。

「そんなバカな！　あれは今の時代には早すぎたと、父も、シンおじさまですらそう言っていましたわ！」

統治者の娘として信じられなかったのだろう、ヴィアちゃんが立ち上がってそう叫んだ。

まあ、無理もない。

私たちは、パパたちがそのダーム事変の当事者なので詳しく話を聞いたことがある。

事の顚末(てんまつ)を話し終えたあと、パパたちは「あれも一つの政治形態だけど、それを実現するにはまだ早すぎたんだ」と言っていた。

それを、ヨーデンでは成功させていたなんて……。

「まあ、殿下がそう仰るのも無理はありません。私とて同じ疑問を抱きました。しかし、これはダーム事変とは前提が違うのです」

「前提？」

先生がその理由を教えてくれると察したのか、ヴィアちゃんは首を傾(かし)げながらも席に着いた。

「ええ、前提です。ダーム事変は、長らく王制にあった国を民が主導する政治形態……シン様は民主制と言っていましたが、それに無理矢理変更しようとして軋轢(あつれき)が生まれ、破綻(はたん)してしまったのです」

「ええ、そう聞いています」

ヴィアちゃんの返事を受けた先生は、再度私たちを見回した。

「さて、そこでヨーデンだが、これはまず国の起こりから話さないといけない。前文明についても中等学院で習ったな？」

先生の言葉に、全員が頷く。

前文明は、私たちが生まれる前まではお伽噺(とぎばなし)や都市伝説だと思われていたそうだが、パパたちが東の大砂漠を超えた先にあるクワンロンに辿り着いたとき、そこで前文明があったことの証拠である遺跡が発見されたのだ。

……っていうか、パパ、歴史の教科書に出すぎ。

「これはまだ推測の域を出ないが、前文明はその高すぎる文明の力で破滅的な戦争を行った。その戦争から逃げ出し、争いのない新大陸を目指した一団がヨーデンの祖先だと言われているそうだ」

「え？　先生、ヨーデンの人から聞いたんですよね？　なんで推測なんです？」

マックスがそう訊ねる。

そういえば、魔道具も扱う工房の御曹司として、前文明の魔道具に興味を示してたな。もしかしたら、前文明の詳しい話が聞けるかもしれないと期待したのかも。

それが推測の話だったから気になったんだろうな。

「そりゃ、ヨーデンでもその話は口伝によるお伽噺として伝わっているそうだからだ。書面による記録は残っていないらしい」

先生がそう言うと、マックスは明らかにガッカリしていた。

「まあ、ほぼほぼ真実だとは思うがな。なにせ、その前文明の戦争は一部の権力者……王侯貴族によって引き起こされ、人類は壊滅的な被害を受けた。そこから逃げ出した人たちが王侯貴族に嫌悪感を持っても不思議じゃない」

その言葉に、王族であるヴィアちゃんや、貴族であるアリーシャちゃん、ハリー君は苦い顔をした。

「一部の人間だけに権力が集中する政治形態は、またこのような悲劇を引き起こすかもしれない。それなら、民の代表者が順繰りで統治した方がいいんじゃないか？　そう結論付けて今の政治形態になった。つまり、最初は王制だったのに無理やり民主制に変えたダームは失敗したが、王政から逃げ出し一から国を作ろうとしたヨーデンは最初から民主制を取り入れた。だから、民衆にも受け入れられた。前提が違うとはそういうことだ」

は～、なるほどね。

途中で変えたか、最初からそれにしたかの違いか。

ん？　あれ？　おかしくない？

「せんせー、さっき口伝でしか昔のこと分かんないって言ってたよね？　なのに、なんで国の起こりは分かってるの？」

私がそう聞くと、先生はまたいつものドヤ顔になった。

あ、これパパの話するぞ。

「いや、これも別に書面で残っていた訳ではない。しかし、ヨーデンでは王とは邪悪な者で存在を許してはいけないと伝わっているらしい」

それを聞いたヴィアちゃんが、苦虫を噛み潰したような顔をした。

まあ、現役の王族としては、そんな話を聞かされたらこんな顔になるよね。

「その話を聞いたシン様がな、なんでそんな口伝が残ってるのか疑問に思ったそうで、ヨーデンの使者たちからさらに聞き取りをし、今話した結論を導き出したそうだ。歴史の流れ的にも齟齬はないし、俺はこれが真実だと思っている」

そう話す先生は、まるで自分のことのように自慢げに話す。

マジで、先生パパのこと好きすぎでしょ。

「まあ、そういう歴史的背景からヨーデンでは昔から民衆によって国が運営されてきた。

当然その間には色んな困難があっただろうが、長い年月をかけて安定させてきたのだろう。なのでヨーデンには王侯貴族は存在しないのさ」

その説明でデビット君は納得したらしい。

感心した顔をしている。

「あ、あの、先生」

「どうしました？　殿下」

「その、ヨーデンでは王族は悪だと思われていたのですよね？　ですが、使節団からそんな感情を向けられたとは父から聞いていません。どういうことなのでしょう？」

ああ、そっか、王族を悪だと思っている国の人間に相対したのはオーグおじさんだ。

そんな感情を持っている国の人間がお父さんに近付いているのが不安なのだろう。

しかし、先生はヴィアちゃんの質問を笑い飛ばした。

「大丈夫ですよ殿下。使節団が初めて陛下に謁見した際、彼らは緊張でガチガチになっていたそうです。あとからこの話を聞いた陛下が、私のことを悪の親玉と思っていたのか？　と問われると、使節団の方々はお伽噺の通りなら取って食われるかもと恐れていたと述べたそうです。ですが、実際はそうではなかったのでお伽噺はお伽噺だなと納得したそうです」

そういえば、前文明ってこの大陸の記録にも残っていないくらい昔の話なんだよな。

なら、ヨーデンも同じくらい長い歴史があって、その間に最初に逃げてきた人たちの記憶も思いも薄れていったんだろうな。

だって、今のヨーデンの人たちに前文明の王侯貴族と会ったことのある人なんていないもの。

先生の話を聞いて、ヴィアちゃんはようやくホッとしたようだ。

その国の留学生がクラスに来るんだもんね。

王族だからって理由で憎まれたらどうしようかとか思ってたのかな？

「さて、今話したのは国の起こりの話だ。本番はここからだぞ」

こうして、ヨーデンの歩んできた歴史や、その中でどういう風に統治体制が変わっていったのかの授業が始まった。

普段、座学はあんまり好きじゃないんだけど、今まで見たことがない未知の国のことを知るのは、思いのほか楽しかった。

こうして、私たちはヨーデンに関する基礎知識を頭に入れ、留学生の受け入れ準備を整えた。

そして、とうとうその留学生がやってきた。

ミーニョ先生からヨーデンについての授業を受けてから数日後、ついにアールスハイド高等魔法学院に留学生がやってきた。

「お前ら席に着け。さて、本日よりかねてから話のあった留学生が来ることになった」

教壇に立った先生のその言葉を受けて皆に緊張が走る。

私もそうだ。

なんせ、私がお世話係だからね。

どんな子なんだろう？

そんな期待を胸に教室の扉を見つめていると、先生の「入ってくれ」という言葉のあとに扉が開いた。

そして、教室に入ってきたのは……。

「おうふ……」

身長はヴィアちゃんと同じくらい。

事前に聞いていた通り、褐色の肌で長い黒髪をポニーテールにした女の子が入ってきた。

その姿を見て、私は思わず声を漏らしてしまった。

だって……その子、ヴィアちゃん以上にボン！　キュ！　ボン！　なんだもん！

ええ……同い年でしょ……？

なんでこんな差があるの……。

周りを見回すと、男子は漏れなく見惚れているのが分かる。

レインだけ、なにを考えてるのか分からないけど……。

普段ヴィアちゃんを見慣れているはずのマックスまでボーッとその子を見ている。

なんだ、アイツ。

マックスだけじゃなくてハリー君とデビット君も間抜け面だ。

クラスの男子の関心を掻っ攫っていったことに少しムッとしながらも、あのプロポーションじゃあしょうがないよなと納得する。

だって、デビーやレティまで驚いた顔して見てるもん。

唯一余裕が感じられるのはヴィアちゃんだけだ。

「さて、この度ヨーデンから留学してきたラティナ＝カサールさんだ。ではカサール、自己紹介を」

「はい、先生」

うぉお……声まで色っぽいぜ……。

「皆さん、初めまして。ヨーデンから参りました、ラティナ＝カサールと申します。ヨーデンとこちらでは魔法の進化の仕方が違うそうで、我が国にはない魔法技術を習うためにやってまいりました。よろしくお願いします」

ラティナさんはそう言うと深々と頭を下げた。

ってか、ラティナさん！　それはヤバイ！

肌が褐色な分、張りのある感じに見える胸が強調されてるって！

ハッとして男子たちを見ると、レインまでラティナさんの胸を凝視(ぎょうし)していた。

この、エロ猿どもめ！

私が揃って鼻の下を伸ばしている男子どもをイライラしながら見ている間に、先生が話を進めていた。

「それで、カサールの席なんだが……申し訳ありませんが殿下、ウォルフォードの隣にしたいので席を一つズレていただいていいですか？」

「シャルがお世話係ですものね、分かりましたわ」

先生の要請を受け、ヴィアちゃんが席を立つ。

それに合わせてマックス、レイン、アリーシャちゃんも席をズレる。

「それではカサール、その席に着いてくれ。隣の席の彼女が君の世話係になるシャルロット＝ウォルフォードだ。なにか分からないことがあれば彼女に聞くように。ウォルフォード、頼んだぞ」

「任せて！」

私が胸を張ってそう言うと、ラティナさんはクスッと笑って私の隣の席に着いた。

「よろしくお願いします、ウォルフォードさん」

「シャルでいいよ。よろしくね！　ラティナさん！」

「はい！　よろしくお願いしますシャルさん！」

私とラティナさんが挨拶していると、隣にズレたヴィアちゃんから声がかかった。

「オクタヴィアです。私もよろしくお願いいたしますわ」

「え、あ、は、はい……よろしく、お願いします」

さっき、先生がヴィアちゃんのことを『殿下』って呼んだのを聞いていたのだろう、メッチャ緊張した面持ちでラティナさんは頭を下げた。

その様子を見ていた先生が苦笑しながら言った。

「カサール。緊張するなという方が難しいかもしれんが、この学院はアールスハイドにおける魔法の最高学府。ここで評価されるのは魔法の実力のみ。身分を忘れろとは言わんが相手の身分を忖度することは許されない。そのことを覚えておいてくれ」

「ふふ、先生のおっしゃる通りですわ。この学院に通っている以上、私はただの一生徒。皆さんと同じ立場なのですよ」

先生に追随するようにヴィアちゃんもラティナさんに声をかける。

ラティナさんを緊張させないように微笑みながら話しかけたもんだから、ラティナさんの顔が褐色の肌でも分かるくらいポッと赤くなった。

「ですから、私とも仲良くしていただけると嬉しいですわ」

「は、はい！　分かりました！」

ヴィアちゃんとラティナさんの二人の美少女が微笑み合っている光景は、女子である私が見ても眼福だ。

微笑ましい光景だというのに、先生の一言でその光景は終わってしまった。

「とはいえ、この学院を出れば王女殿下だからな。その辺りの線引きは間違えないように頼む」

先生の言葉に、赤くなっていた顔が今度は青くなっていく。

引き攣った顔になってしまったラティナさんを見て、ヴィアちゃんは先生に向かって不服そうな顔を見せた。

「もう先生。せっかく気兼ねなく接してもらえそうでしたのに」

「いえ、申し訳ありませんがこればかりは譲れません。カサール、どういう態度で接すればいいのか分からないならウィルキンスやフラーに倣うといい。二人も平民だからな」

「はい！　お任せください先生！」

先生からの御指名にデビーが勢いよく立ち上がって自分の胸を叩いた。

「ラティナさん！　私はデボラ＝ウィルキンス、平民よ！　デビーって呼んでね！」

特別な感情を抱いている先生の御指名なもんだから、デビーは張り切ってラティナさんに自己紹介していた。

「あ、は、はい。よろしくお願いします」

「あ、私はマーガレット＝フラウです。私も平民です。レティって呼んでください」

「分かりました」

デビーとレティの自己紹介を受けたラティナさんだったが、少し首を傾げたあと私を見た。

「えっと……」

戸惑った様子で私を見ているラティナさん。

デビーとレティに倣えって言っていたのに私に倣えって言わなかったのが不思議だったんだろうな。

そんなラティナさんを見て先生は苦笑を浮かべた。

「あー、ウォルフォードは特殊でな。カサール、君たちがこの国に到着したときに色々とレクチャーしてくれた御仁がいただろう？」

「あ、はい。シン様ですね。この国……いえ、この大陸の英雄で、すでに私たちの魔法もマスターしてしまった史上最高の魔法使いだという」

え？　パパ、もうヨーデンの魔法マスターしたの？

聞いてないんだけど！

「そうだ。そのシン様のフルネームは覚えているか？」

「ちょっと待ってくださいね。シン様としか呼んでいなかったので……えっと、確か、シン＝ウォル……あ」

「そうだ。ウォルフォードはシン様の娘でな。殿下とも幼馴染みで気安い関係なんだ。だから、ウォルフォードと殿下の関係は見習わなくていい」

「そ、そうなんですね……そうでしたか、シン様のご息女様でしたか……」

ご、ご息女様って……。

「ちょ、ちょっとやめてよ。私だって平民なんだってば。余所余所しいのはなしで」

「え、でも……」

「本当にやめて……凄いのはパパであって、私はまだなんにも凄くないから……」

確かにパパは超凄いし、大好きで尊敬してるけど、そのパパの娘だからってだけで敬われるのは本当に嫌。

いつかはパパに近付きたいし魔王の二つ名も継承したいけど、今の私はリンせんせーにいいようにあしらわれているただの学院生。

そんな状態なのに『ご息女様』なんて呼ばれたくない。

「私はただのシャルロットだよ。パパの娘っていう呼ばれ方は好きじゃない」

だって、そうでないと私はパパがいないと無価値な人間に思えるもの。

そんな私の思いが通じたのか、ラティナさんは一瞬目を見開いたあとフワッと微笑んだ。

「はい、分かりました、シャルロットさん。これから色々と教えてくださいね」

「おっけー、任せて！　じゃあ、早速今日の放課後街に出ようよ。色んなお店を教えてあげるよ！」

「おいおい、朝から放課後の話をするんじゃない。これから授業だぞ」

「あ、そうだった」

先生と私のやり取りで教室が笑いに包まれる。

「さて、授業とは言ったが今日はカサールが初めて登校した日だ。まずは残った者たちの自己紹介と、お互いの交流を深める日にしようか。じゃあ、ワイマール。女子ではあとお前だけだから、ワイマールから自己紹介をしてやってくれ」

「はい。分かりましたわ」

こうして、アリーシャちゃんを皮切りに、マックス、レイン、ハリー君、デビット君も自己紹介をした。

貴族、平民が入り交じっていることに驚いてはいたものの貴族組であるアリーシャちゃんやハリー君が友好的な態度で接してくれたのでラティナさんも特別緊張しないで済んだようだ。

こうして、我がアールスハイド高等魔法学院一年Sクラスは、初めての留学生を概ね和やかに受け入れたのだった。

自己紹介と、交流会と銘打った雑談が終わると、せっかくだからということでお互いの魔法を見せ合うことになった。

そういえば、パパたちが内緒にしているお陰でヨーデンの魔法ってまだ見たことないんだよね。

どんな魔法なんだろう？　楽しみ！

そんな訳で、魔法練習場にやってきた私たちを、リンせんせーが待ち構えていた。

「あれ？　どうしたのリンせんせー」

「リン先生？」

「あ、うん。私たちの魔法実技の先生」

ラティナさんは初対面なので教えてあげた。

「そう。私は魔法実技の講師のリン＝ヒューズ。ミーニョ先生から留学生と魔法の見せ合いをすると聞いたので見に来た」

堂々とそう言い放ったリンせんせーに私たちは苦笑した。

「あはは、相変わらず魔法好きだねリンせんせー」

「当然。同じ大陸にあったクワンロンでさえあれだけ魔法形態が違っていた。別大陸の魔法となればどれほど違うのか……興味は尽きない」

そう言って目を爛々(らんらん)と輝かせるリンせんせーにラティナさんは若干(じゃっかん)気圧(けお)されている。

「あ、あの、私どもの魔法は、こちらの魔法と比べると本当に大したことがないので……過剰に期待されると辛いと言いますか……」

「そんなことない。ウォルフォード君が素晴らしい魔法だと言っていた。教えてくれなかったけど、ウォルフォード君がそう言うからには素晴らしいものだと思う。さあ、早速見せて」

初手からグイグイ迫ってくるリンせんせーに、ラティナさんがタジタジになっている。

あれは新しい魔法が楽しみすぎて周りが見えなくなってるな。

「ちょ、ちょっとお待ちください、リン先生。カサールも初日で緊張しているかと思いますので、まずは他の皆の魔法から見せたいのですが」

「他の皆の魔法は見飽きている。私は彼女の魔法が見たい」

「いや、あの、これはお互いの魔法の見せ合いであって、リン先生に見せるためのものではないのですが……」

「む。そういえばそうだった」

ミーニョ先生の言葉でようやく我に返ったのか、リンせんせーがラティナさんから離れた。

「ず、随分(ずいぶん)と個性的な先生なんですね……」

大分言葉選んだな、ラティナさん。

素直に変な先生だって言えばいいのに。

「リンせんせーはパパの仲間でさ、魔法が大好きなの」

「あ、そうなんですか」

「っていうか、魔法以外に興味を示さないんだよね……」

「そう、なんですか……」

わあ、ラティナさんのリンせんせーを見る目が可哀想な人を見る目になってるよ。

「さ、さて、それじゃあフラウから順番に魔法を見せてくれるか？」

「あ、はい！」

名前を呼ばれたレティが私たちの前に立ち、入学試験のときと同じように的に向かって魔法を放った。

おお、治癒(ちゆ)魔法の方が得意とはいえ、さすが高等魔法学院Sクラスにいるだけのことはある。

レティの放った風の砲弾は的に当たり、周りに強風をまき散らした。

え、風魔法？

風魔法を魔法練習場という閉鎖された空間内で使うと、当然……。

「のわっ！」

「「「キャア！」」」

「うわっ！　ちょ！　レティ！　なんで私らのスカート捲り上げてんのよ‼」

「はわわ！　ご、ごめーん‼」

練習場内に吹き荒れた強風によって私たちのスカートが捲り上がりそうになった。

慌てててスカートの端を押さえ男子たちを睨むと、男子たちは先生も含めてサッと顔を背けた。

くっ……この反応は、見られたか……。

不慮の事故だっただけに文句も言い辛いし、原因となった魔法を放ったレティを非難もしにくい。

というのも、レティの得意魔法は治癒魔法。

攻撃魔法はあんまり得意じゃない。

彼女が唯一強力な威力を発揮できるのが風の魔法なのだ。

むしろ、そんなレティのことを知っていたのに備えていなかった私たちの方が迂闊だった。

「ご、ごめんね……あの、わざとじゃなくて……」

「分かってるよ……」

うん、分かってるけど、恥ずかしいものは恥ずかしい。

ラティナさんも、見てわかるくらい真っ赤になっていて、レティの魔法に対してなんの反応も示さない。

分かる。

それどころじゃないよね。

「さ、さて、気を取り直して次、コルテス」

「あ、はい」

「……風の魔法以外でな」

「あ、あはは、了解です」

先生に指名されたデビット君が苦笑しながら前に出る。

そして放った魔法は火の魔法。

それを高速で打ち出すことで、的に着弾したあと派手に燃え上がった。

それを見たラティナさんは、ようやく私たちの魔法に対して反応を示した。

「す、すごい……」

デビット君の放った魔法を見て呆然と呟くラティナさん。

ただ、今の二人はSクラスの順位で言うと十位と九位。

ここからまだ順位は上がっていく。

「次、ロイター」

「はい」

デビット君の次はハリー君、その後もデビー、アリーシャちゃん、レイン、マックスと続き、ラティナさんは呆けたような顔をして皆の魔法を見ていた。

そして、ヴィアちゃんが雷の魔法を的に放った。

「きゃっ！」

雷の魔法は着弾した際の音が一際大きいので、ラティナさんが悲鳴をあげて耳を手で覆った。

「あ、すみませんラティナさん。大丈夫ですか？」

「え、ええ。ちょっと耳がキーンってなってますけど……」

「事前に注意しておけばよかったですね……申し訳ありません」

「い、いいえ、お気になさらず……」

魔法を放った張本人であるヴィアちゃんがラティナさんに声を掛けたのだが、ラティナさんは落雷の音で耳鳴りがしてしまっているらしい。

ヴィアちゃんには気にするなと言っているが、ちょっと辛そうだ。

「あ、じゃあ、私が治しますよ」

そう言って声をあげたのはレティだ。

「じっとしていてくださいね」

レティはそう言うとラティナさんの両耳に手を翳し、治癒魔法を発動させた。

「……え、うそ」

レティの治癒魔法で耳鳴りが治ったのだろう、ラティナさんが驚きで目を見開いた。

レティは、私の家に遊びに来るときは、ひいお爺ちゃんたちの魔法訓練とママとの治癒魔法訓練を交互に受けている。

それぞれ受けられる時間が半分ずつだから、攻撃魔法なんかは私たちの中では成績がちょっと遅れ始めている。

けど、それ以上に治癒魔法のレベルが上がっているので攻撃魔法も使えて治癒魔法も使える、ママと同じ稀有な魔法使いとして成長しているのだ。

「どうですか?」

「すごい……耳が痛くない……」

「ふふ、良かった」

そう言って笑うレティは、ママが治癒魔法を患者さんに使ったあとに見せるような微笑みをラティナさんに見せた。

「あ、今のママみたい」

「え? 本当ですか?」

私が素直な感想を口にすると、レティは微笑みではなく心底嬉しそうに顔を輝かせた。

「なんでそんなに嬉しそうなのよ？」

「え？　ああ、実はシシリー様から、治療が終わったあとは患者さんを安心させるために『もう大丈夫ですよ』って気持ちを込めて笑いかけなさいって教わっているんです。それが出来ていたと思うと嬉しくて」

「へえ。そうなんだ」

私は、治癒魔法に関しては専門的には習っていない。

だから、他人に治癒魔法を施したあとの心得なんて聞いたことはないのだ。

それでも、基礎知識はあるからある程度は出来る……っていうか、半強制的にママに仕込まれた。

『シャルはいつどこで怪我をするか分からないから治癒魔法は覚えておきなさい』って言われて。

実際治癒魔法を教えておいてもらってよかったって場面はたくさんあったから、ぐうの音も出ない。

さて、そんな治癒魔法だけど、魔法形態が違うと言っていたラティナさんにとっては衝撃的だったようで、何度も自分の耳に触ったり叩いたりしていた。

「す、凄いですね……治癒魔法なんて伝説の魔法だと思っていました」

呆然といった感じでラティナさんは呟いていた。

そんなラティナさんを見て、レティはまた「フフ」と笑った。

「私なんてまだまだですよ」

「そうなんですか……」

そう言ったラティナさんは、レティをジッと見たあとなにか考えるような素振りを見せた。

ってていうか……。

「あの、私まだなんだけど、やっていい？」

「あ！　ご、ごめんなさい！　どうぞ！」

私の前のヴィアちゃんのときにトラブルが起こったもんだから、最後に残った私がまだ魔法を見せてなかった。

私で最後だから、何かを考え込むのは終わってからにしてよ。

「さて、じゃあ、最後だし、派手にいくわよ‼」

「‼　ラティナさん‼　耳を塞(ふさ)いでしゃがんでくださいまし‼」

「え⁉　は、はい‼」

後ろでヴィアちゃんがなんか叫んでたけど、私は魔力の制御に集中していたのでなにを言ったのかは分からなかった。

とにかく、最後の私は一年首席。

恥ずかしい魔法は見せられない！

というわけで……。

「いっけえええっ！！！！」

派手で威力も大きい爆発魔法を的に向かって放った。

「ばっ！　馬鹿‼　こんな場所でなんて魔法を……うおお‼」

私が魔法を放った瞬間、ミーニョ先生がなにかを叫びながらなにかの魔法を使った。

え？

なんで先生が魔法を？　と疑問を感じるのと同時に、魔法が的に着弾し、大爆発を起こした。

巻き起こった爆風は、狭い魔法練習場の中で反響し、こっちに向かって……。

こっちに向かって⁉

「にょわああっ‼」

『きゃあああっ‼』

『うおおおっ‼」

自分で放った魔法の爆風が魔法練習場の壁に跳ね返り、私を吹き飛ばした。

「ぎゃふっ！」

練習場の床をゴロゴロと転がって行った私は、壁にぶつかってようやく止まった。

っていうか……背中を思いっきり打った……痛ったあ……。

しばらく痛みに悶絶(もんぜつ)していたけど、その痛みがようやく治まってきたとき、ハッと気が付いた。

「わ！　み、みんなは⁉」

慌てて皆を見ると、無傷で立っていた。

「あ、み、みんな無事だった。良かった……」

私がそう言うと、他のクラスメイトや先生がギロッと睨んできた。

「ヒッ！」

「なにが『無事だった』よ‼　アンタが馬鹿なことしようとしてるから、全力で防御魔法を使って防いだのよ‼」

そう言うデビーの前には、防御魔法が展開された跡が残っていた。

他の皆を見ると、他も同じような跡が残っている。

ラティナさんは、ヴィアちゃんの後ろにいたので無事だったようだ。

「ご、ごめん……」

私がそう言って謝罪すると、ミーニョ先生は溜め息を吐きながらこっちに向かってきた。

「通常、あんな威力の爆発魔法なんか使ったら練習場が破壊されてしまうものだが……

この魔法練習場にはシン様の魔法防御が付与されている。その結果、魔法は威力が外に逃げず、この練習場内に跳ね返った。結果は……今お前が身を以って体験した通りだ」

「……」

「強力な魔法も、使う場所と種類を間違えれば諸刃の剣となる。これに懲りたら、少しは考えて魔法を撃て」

「……はい」

私は、いつもだだっ広い荒野で魔法の練習をしてた。

あそこは、威力が外に逃げるからなあ。

荒野ではこっちに向かってくる爆風にだけ気を付けていればよかったけど、今回は前や横に向かった爆風がまとめてこっちに跳ね返ったから、もう少しで大惨事になるところだったよ……。

「ん？　前？　横？」

あれ？　それって、パパの得意な指向性……。

「こら」

「あたっ！」

もうちょっとでパパの得意魔法の極意が摑めそうだったのに、リンせんせーからの頭チョップで思考が中断された。

「さっき言われたばかり。ちょっとは自重しなさい」

「はーい」

今回の魔法は選択を失敗してしまったけど、それのお陰であの魔法のヒントが見えた。

今日、帰ったら早速試してみよう！

そんなことを考えていると、リンせんせーがフッと小さく息を吐いた。

「練習場の床がボロボロになっているから、放課後直しておくように」

「ええ⁉ そんなあ！」

「馬鹿なことした罰。文句言わない」

「ちぇ、はぁい」

うう、爆風で土でできた魔法練習場の地面が結構抉れている。

はぁ……罰だって言っていたし、誰も手伝ってくれないだろう。

放課後はラティナさんに街を紹介しようと思ってたんだけどなあ……。

今日は無理かも、と思っていると、ラティナさんがスッと手をあげた。

「あの、今度は私が魔法を見せる番なんですけど……よろしいですか？」

「ん？ ああ、もちろんだ。今日はそのための授業なんだからな」

「はい。では……」

ラティナさんはそう言うと、制服のポケットから何かを取り出した。

「えっと……それは？」

　私には、ただの握りこめる程度の大きさの鉄に見えるんだけど、もしかしてなんか付与されてる？

　そう思いながら見ていると、鍛冶屋の息子であるマックスがジッとそれを見たあとに言った。

「……普通の鉄の塊、だよね？　特に魔法とか付与されてないやつ」

「はい」

　マックスの見立てが正解であると返答するラティナさん。

　そんな鉄を取り出して、一体なにをするつもりなんだろう？

　そう思っていると、ラティナさんは魔法を使う準備を始めた。

「スゥ……いきます」

　目を閉じて軽く息を吸い、集中した後魔力を集め始めた。

　その集めた魔力を見た私たちは……。

「……随分少ないね」

「ですわね……」

　私とヴィアちゃんは、集まっている魔力の少なさに困惑する。

　だが、リンせんせーはちゃんと本質を見ていた。

「量は少ないけど、かなり精密な魔力制御。ウォルフォード君にも匹敵(ひってき)する」

「パパに⁉」

「静かに。集中が乱れる」

「むぐ」

リンせんせーの言葉が衝撃的すぎて声を出してしまったら、無理矢理口を閉じさせられた。

文句を言ったらまた注意されてしまうので、私はリンせんせーに口を押さえられたままラティナさんに注目する。

しばらく魔力を制御していたラティナさんだったが、フッと目を開けたかと思うと、手にしている鉄の塊に視線を集中させた。

と、次の瞬間、私たちは目を見開いた。

「はっ⁉」

「て、鉄が⁉」

鍛冶屋の息子であるマックスは余程衝撃的だったのだろう。

なにせ、ラティナさんの手の中にある鉄の塊が、グネグネとその形を変えていっているのだから。

「な、なんだこれ……」

呆然と呟くマックスの言葉も耳に入っていないラティナさんは、さらに集中して鉄の塊に魔力を注ぐ。

形を変えていた鉄の塊は、やがて細長く装飾の付いた杖のような形になり、ようやくその動きが止まった。

「……ふぅ。あ、えっと……これが、こちらにはなくてヨーデンで使われている魔法……なんですけど……あはは、皆さんの魔法に比べて凄く地味なんですけど……」

「そんなことない‼」

「わひゃっ⁉」

唖然とする私たちを見て、どう勘違いしたのかラティナさんは自分たちの国の魔法が地味だと卑下し始めたのだが、マックスがラティナさんの手を握って大きな声で否定した。

うぉい！

女の子の手をいきなり摑むんじゃない！

ラティナさん、変な声出てたじゃないか！

「これは凄い魔法だよ！　この魔法があれば、この国の魔道具はもっと発展する！　いや、魔道具だけじゃない、全ての文化が一気に成長するよ‼」

「あ、そ、そうですか……あの、その……」

「ん？」

「て、手を……」

「あ！　ご、ごめん‼　つい興奮してしまって……」

「い、いえ……」

思いきり掴んでいたラティナさんの手を、マックスは慌てて離した。

ったく、なにやってんだコイツ！

あまりにも衝動的に動いたマックスに向かって、思わずジト目を向けてしまった。

「な、なんだよ？」

「……どさくさ紛れに手とか繋いでんじゃないわよ」

「は、はあっ⁉　ま、魔法に興奮しただけで、別に変な意味とかねえよ！」

「どうだか」

「本当だって！　製造に携わってる人間なら誰だって……そういえば、シンおじさん、この魔法もう覚えたって言ってたよな？」

「そういえば、ラティナさんが言ってたね」

なんか話を逸らされた気がするけど、私も気になったのでラティナさんを見た。

「あ、はい。凄いですよね、シン様。私たちよりも上手でしたよ」

「「……」」

マジか。

っていうか……。

「パパがあれだけ熱中してた理由が分かったわ……」

「ああ……これは気を引き締めておかないと、またとんでもないもの作り出すぞ……」

詳細はわかんないけど、こんな鉄を自在に変形させてしまう魔法なんてパパが覚えたら……。

ひいお婆ちゃんの怒声(どせい)が家に響く未来が、手に取るように見えてしまった。

お互いの魔法の見せ合いが終わったあと、リンせんせーは満足したのか教員室に戻り、私たちは教室に戻った。

その教室で、私はラティナさんにさっきの話でちょっと気になったことを聞いてみた。

「そういえばラティナさん。さっき、治癒魔法は伝説の魔法だって言ってたけど、ヨーデンには治癒魔法ってないの?」

「え? あ、はい。治癒魔法は失伝してしまっています。ヨーデンでは、治療は主に投薬と外科(げか)手術ですね」

「ああ、外科手術……あれ、エグイよね……」

アールスハイドにも外科手術は存在している。

治癒魔法士の練度によっては魔法だけで治癒し切れないケースや、そもそも治癒魔法だけでは根治しないケースがあるからだ。

妊婦の緊急帝王切開手術とか。

そういった場合、手術が終わったあとに治癒魔法をかけて傷口を治すんだけど、その傷口がとても痛々しいのだ……。

私も何度か経験させてもらったけど、何回か倒れそうになったことがある。

……外科手術を見学させてもらったときは、実際に倒れた。

そのときのことを思い出して遠い目をしていると、ラティナさんがレティに向かって話しかけていた。

「私は、できればこの留学期間中に、ヨーデンでは失伝してしまった治癒魔法を教わりたいと思っていたのです」

「へえ、そうなんだ。でも、さっきの魔法を使うときは凄く精密な魔力制御をしていたから、すぐに覚えられると思うけど……」

レティはそう言うと、不思議そうにラティナさんを見た。

ヴィアちゃんもレティの言わんとしていることが分かったのか首を傾げた。

「確かに、あれだけの魔力制御ができているのに、攻撃魔法も治癒魔法も使えないのは不思議ですわね」

その言葉に、ラティナさんは苦笑を浮かべた。

「皆さんから見たら不思議に思いますよね。でも、ヨーデンでは不思議なことではないんです」

「どういうこと？」

ラティナさんの言葉にはなにか事情がありそうなので、続きを促した。

「言い伝えによる忌避感……とでも言うんですかね、私たちの国の成り立ちはご存じですか？」

「ああ、ミーニョ先生から聞いたよ。大昔、この大陸で起きた大戦争から逃れて脱出した人たちが創った国なんでしょ？」

「そうです。そういった経験があるからか、特に大きな破壊をもたらす放出系の魔法は忌避される傾向があるんです」

ああ、そうか。パパの話では、前文明時代に起こった戦争は人類を滅亡一歩手前まで追い込んだらしい。

ヨーデンの祖先たちには、その時の記憶があって大きな破壊をもたらす魔法を恐れたのか。

でも、確かに理由としては納得できるけど……。

「でも、そちらの大陸にも魔物はいるでしょう？　攻撃魔法なしで対処できるの？」

デビーも同じ疑問を持ったようで、今までどうやってきたのか聞いた。

「過去、何度か攻撃魔法を復活させようとする動きはあったそうなんですが、その都度色んなところからの妨害が入ったそうで、そうこうしているうちに攻撃魔法を使うことは最大の悪みたいな風潮になってしまって……」

「攻撃魔法が悪って……」

それで言うと、パパ、悪の親玉じゃん。

「攻撃魔法……いわゆる放出系の魔法が失伝してしまって、他者に干渉する治癒魔法も一緒に失伝していってしまったんです」

「ああ、確かに、治癒魔法も放出系っちゃそうか」

ラティナさんは「はい」と返事をすると、続きを話し始めた。

「それでも魔物には対処しないといけない。けど、攻撃魔法は使いたくない。そこで考え付いたのが、さきほどの変成魔法です」

「変成魔法！」

確かに、さっきは鉄が変成した。

変成魔法という名前が相応しい魔法だった。

「変成魔法を使って落とし穴を作ったり、足元の土から槍を作って投擲したりしながら魔物を狩るんです」

「武器を変成しながら……無限武器……」

レインが、なんか感動しながら呟いてる。

ちょ、また変なこと考えてない？

「でも、そんな方法だと魔物の素材が駄目になるんじゃない？　うちのひいお婆ちゃんが言ってたけど、魔物は討伐することも大事だけどその素材を売り買いすることも大事だって」

ひいお婆ちゃんが若かりし頃の苦労話として、ひいお爺ちゃんが魔物を跡形もなく吹っ飛ばすので魔物の素材を売れなくて苦労したという話を聞いたことがある。

するとその話も想定内だったのか、ラティナさんがスラスラと話し出した。

「ええ。もちろんその通りです。さっき言った手段は、あまり戦う力がない人でも魔物を倒す方法ですね。魔物狩りを専門にしている人は、変成魔法による武器の生成以外に身体強化の魔法を駆使して討伐するんです。強いですよ、その人たちは」

「へえ」

なるほど、攻撃魔法は忌避感が強くて使わないけど、その他の魔法は普通に使えるんだ。

ヨーデンの事情を聞いて感心していると、マックスがちょっと難しい顔をしながら言った。

「それにしても、なんでも武器にできるなら偉い人は大変だな」

「え？　どういう意味？」

「だって、なんでも武器に変成できるんだろ？　ボディチェックのときに武器を持ってなくても、目の前で変成されたら防ぎようがないじゃん」

「ああ、なるほど」

確かにそうだ。

そこんとこどうしてるんだろうとラティナさんを見ると、特に困惑した様子はなく堂々と教えてくれた。

「そういう要人とかと会う場合、金属類は持ち込まないのがルールですね。なので、金属の代用品として木製のものを身に着けるんです」

まあ、なにが武器にしやすいかって言えば、まず第一に金属だ。

ただ、身に着けているもので意外と金属製のものは多い。

指輪とかネックレスとかの装飾品とかね。

貴『金属』っていうくらいだから、金属が使われてる。

かくいう私のヘアピンも金属製だし、男子だとベルトのバックルなんかもそう。

大人の人で言うなら、鞄の留め金とかもそうじゃない？

「え、もしかして、そういうのも全部木製なの？」

「そうですね。なので、ヨーデンは木工の技術が凄く高いです」

「へえ。でも、木製はいいんだ。木も変成できるんじゃないの？」

私がそう言うと、ラティナさんはここでちょっと苦笑した。

「金属や石類と違って、木は変成が難しいんです。どんな熟練者でも時間をかけて集中しないといけないので、もし暗殺に使おうとした場合すぐバレます」

「へえ、そうなんだ。なんで木って変成が難しいの？」

「え？　な、なんでって言われても……」

私が純粋な疑問を口にすると、ラティナさんは口籠もった。

「えっと……昔からそう言われているし、実際難しいから……」

「理由は分からない？」

「……はい」

「そっかー」

変成魔法の使い手であるラティナさんが分からないんじゃ、しょうがないか。

でも……パパならもう知ってそうな気がするなあ……。

変成魔法、覚えたって言ってたし。

「えっと、まあ、そういう具合で、ヨーデンでは変成魔法と身体強化魔法が発展しているのですが、攻撃魔法と治癒魔法は失伝してしまっています。攻撃魔法に関しては、覚えて帰ると迫害されそうなので覚えるつもりはありませんが、治癒魔法は覚えたいんです。レティさん、治癒魔法はどなたに教えていただいたのですか？」

「私？　私は、最初は治療院で教えてもらって、今はシャルのお母さんに教えてもらってるよ」

「シャルさんのお母様⁉」

「うわっ！」

レティが、ママから治癒魔法を教わっているという話を聞いたラティナさんは、凄い勢いで私に近付いてきて、私の両手を握りしめた。

「あの！　お、お願いします！　私にも、治癒魔法を教えてくださるようにお母様に頼んでもらえませんか⁉」

まさに必死という形相(ぎょうそう)で私に懇願(こんがん)してくるラティナさん。

ヨーデンで失伝している治癒魔法の使い手がこんな近くにいたら、そりゃあ縋(すが)りたくなるよね。

なので、私はラティナさんに別の提案をしてみた。

「それなら、自分で直接お願いしてみれば？　その方が早いでしょ？」

「え？」

「今日、一緒に帰ろうよ。それでママに直接お願いすればいいよ」

「本当ですか⁉　ありがとうございます‼」

私がラティナさんを家に招待すると、ラティナさんは感極まった顔をして更に私に顔を近付けてきた。

顔！　顔が近い！　そんで胸の圧が強い‼

まあ、元々放課後はラティナさんに街を案内しようかと思っていたので、行き先が私の家になっても問題はない。

学院から家までの間も紹介できるしね。

そう考えていると、ヴィアちゃんがヤレヤレという顔をしていた。

え、なに？

「シャル、あなたもう忘れたのですか？」

「忘れた？　なにを？」

なに？　なんかあったっけ？

そう思って首を傾げると、ヴィアちゃんは深い溜め息を吐いた。

「今日の放課後、あなたが壊した魔法練習場を直しておくようにと、ミーニョ先生に言われていたではありませんか」

「……あ」

そうだった。

今日の放課後は、魔法練習場の修復作業をしないといけないんだった。

「あー、ごめんラティナさん。ママに会うのは次の機会でもいい？」

こちらから誘っておいて申し訳ないけど、待たせるのも悪いし、次の機会にしないかと言ったら、ラティナさんは握っている私の手に力を込めた。

「わ、私もお手伝いしますから！　それならすぐに終わると思いますので！」

お、マジで？

「いいの⁉　やった！　じゃあ、修復が終わったら家に行こう」

「はい！」

こうして、今日の放課後の予定は決定したのだった。

はあ、ラティナさん、マジ女神。

授業が終わったあとの放課後、ラティナさんは魔法練習場の補修を手伝ってくれた。

変成魔法は補修が得意、という言葉通り私よりも綺麗に魔法練習場の床を補修していた。

お陰で予定より大分早く、そして綺麗に補修が完了した。

思わずラティナさんに抱き着いてお礼を言っちゃったよ。

マジ女神。

ちなみに幼馴染み三人とデビーとレティは、それが終わるまで待っていてくれたけど、結局手伝ってくれることはなかった。

「はぁ……ラティナさんは手伝ってくれたのに、皆は冷たいよね」

補修が終わったあと、学院から徒歩で帰宅しながら私がジト目で皆を見ると、ヴィアちゃんが呆れたように言い返してきた。

「そもそも、あれはシャルに対する罰でしょう。私たちが手伝っては意味がありませんわ。本当なら、ラティナさんにもお手伝いは控えていただきたかったですわ」

ヴィアちゃんがそう言うと、ラティナさんはペコペコ頭を下げながら弁明した。

「も、申し訳ありません！　その、どうしても早くシャルさんのお家に行きたかったものですから！」

その必死な表情を見るに、ヴィアちゃんの不興を買ったと思っているんじゃないかな？

王女様の不興……平民にとっては途轍もなく恐ろしい言葉に聞こえるよね。

だから、ラティナさんは必死の形相だ。

「ラティナさん、そんなに謝らなくてもいいよ。ヴィアちゃんは真面目だから正論を言ってるだけで、怒ってるわけじゃないから」

必死なラティナさんを見て哀れに思ったのか、マックスが気にしなくていいとフォローする。

「そ、そうなのですか？」

ラティナさんは、本当にヴィアちゃんが怒っていないかどうか、恐る恐るヴィアちゃんを見た。

そんなラティナさんの態度に、怖がられているヴィアちゃんは苦笑していた。

「本来なら、と言ったでしょう？　今回はラティナさんの事情も分かりますから、別に怒りませんわよ」

「あ、ありがとうございます」

確かに、ラティナさんが手伝うと言ったときも、実際に手伝っているときもなにも言ってなかったな。

あのときは、ラティナさんの変成魔法に見惚れて気付かなかったけど、今までのヴィアちゃんなら確実に止められてるケースだ。

ラティナさんの心情を慮(おもんぱか)ってくれたんだなあ。

「それに、シャルは今まで罰を受けすぎて、感覚が麻痺(まひ)している気がしますから、ちょっと釘を刺したのですわ」

ヴィアちゃんのその言葉に、デビーとレティが吹き出した。

「ば、罰を受けすぎたって！　シャルって一体何やらかしたんですか⁉」

「えっと……シャルさんたちってアールスハイド王立中等学院出身ですよね？　あんな

名門校で罰？」

デビーは大爆笑で、レティは困惑しつつも笑いが堪えられない様子だ。

「色々やらかしてますわよ？　初等学院時代には男子生徒と大乱闘になって罰掃除やらされてましたし……」

「しょ、初等学院から！　男子と乱闘！」

ああ、デビーはダメだ。

なにを聞いても笑いのツボに入るモードになっちゃった。

「中等学院時代も、なにを思ったのか花壇の花に治癒魔法をかけて、大量に枯れさせて、一人で植え替えをやらされてましたわね」

「なんで⁉」

デビーはもう息も絶え絶えだ。

いや、花の一部が病気になってたから、治癒魔法かけたら治るかな？　って思ったんだよ。

そういえば、あれ本当になんで枯れたんだろう？　パパに聞いても説明が難しくてイマイチ理解できなかったんだよなあ。

「まあ、数え出したらキリがありませんが色々やらかしていますからね。反省を促すためにも罰の軽減などさせられないのです。ラティナさんも、今回はしょうがありませんが、今後は注意してくださいませ」

「は、はい。かしこまりました」

うーん。

これって、私が今後もやらかして罰を受ける前提で話が進んでる？

「ちょっとヴィアちゃん、もう高等学院生なんだから、そうそうやらかしたりしないよ！」

「今日早速やらかした人間がなにを言ってますの⁉」

「そうだった」

「も、もうダメ……」

ああ……デビーがお腹を抱えて座り込んでしまった。

これは、笑いの発作が収まるまで動けないかも。

「デ、デビーさん、大丈夫ですか？」

ラティナさんが心配そうに声をかけるけど、ただ笑ってるだけだから心配なんて必要ないよ。

デビーが動けなくなってしまったので、私は辺りを見回す。

この辺は、かわいい雑貨屋や手軽に食べられる食事処なんかが多いので高等魔法学院だけでなく、近くにある学院の生徒たちも多く行き交っている。

そう言えば、留学生が来たら紹介しようと思ってたお店とかも、この辺には多いんだよね。

「ねえねえラティナさん、あそこのお店のクレープが美味しいんだよ。食べてみない？」

「くれーぷ？　ですか？」

「そう！

ぜひ食べてみて！」

私たちは、未だにヒーヒー言ってるデビーを引き摺ってクレープ屋さんの前に行く。

そして、そこでメニューを見た私は、衝撃を受けた。

「な⁉

チョ、チョコトッピングの期間限定セール……だと⁉」

チョコレートは、大陸の南で採れるカカオという実の種を加工したもので、メッチャ美味しいんだけど、そんなにたくさん採れない希少なものなのでお値段も高い。

それが、期間限定とは言えセールになっているとは‼

「こ、これは、チョコトッピングをするしか……でも……！」

そう、チョコレートは希少なので値段が高い。

それは、たとえセールだとしても、おいそれと手を出せる値段ではない。

どうする？

ここはやはりチョコトッピングに……いや、それをしてしまうと今月のお小遣いが

……また魔物狩りに行くか？

「てい」

「痛っ！」

どうしようか悩んでいると、ヴィアちゃんに頭をチョップされた。

「ちょっ！　なにすんのよヴィアちゃん！　私が真剣に悩んでるときに！」

「その悩みにかまけて、ラティナさんのこと放置してるんじゃありませんわよ」

「あ」

ヴィアちゃんに言われてラティナさんを見ると、私たちのやりとりに顔を引き攣らせていた。

「ご、ごめんねラティナさん。えっと、これはクレープって言って、薄いクレープ生地に色々とトッピングができるスイーツなんだ」

「へえ、どれも美味しそうですね」

「どれも美味しいんだよ！　でね、そのトッピングの中でも、一番高いチョコトッピングが値引きされてるんだけど……それでも高いからどうしようか悩んでて……」

私がそう言うと、ラティナさんはキョトンとした顔をした。

「え？　チョコって高いんですか？」

「え？」

ラティナさんの言葉は全員の視線を集めた。

急に注目され、あたふたするラティナさんだったが、どうにか話を続けてくれた。

「えっと、ヨーデンではカカオはよく採れます。なので、チョコレートは安価なおやつとして小さい頃からよく食べてましたね」

その言葉を聞いた私とヴィアちゃんは、二人揃ってラティナさんの手を握った。

「わひっ！」

「ラティナさん!!　有益な情報をありがとうございます!!」

「本当だよ！　これは早速パパに……いやオーグおじさんに報告しないと!!」

「ええ!!」

「え、ええ？」

凄い！　これは凄い情報だよ!!

ヨーデンからカカオ豆が大量に輸入できれば、チョコの値段が下がる！

ヨーデンとの交易品(こうえきひん)に、ぜひともカカオ豆を入れてもらえるようにオーグおじさんに交渉しないと！

「ちょっと！　シャルも殿下も落ち着いてくださいよ！」

私とヴィアちゃんが興奮して、どうやってオーグおじさんに交渉しようかと騒いでいると、ようやく復活したデビーに止められた。

「「あ」」

またラティナさんを放置してしまった。

「ご、ごめんね。じゃ、じゃあ、クレープ買おうか」

「はい！」

ラティナさんは再三放置したにもかかわらず、怒ったりせず許してくれた。

マジ女神。

そんなラティナさんに、クレープ屋のメニューを見せ、その内容を説明していく。

そうして説明を終えたあと、ラティナさんが選んだのはイチゴと生クリームたっぷりクレープだった。

ヨーデンは、さっきラティナさんが言ったみたいに南の方にある大陸なので気温が高めで、甘い生クリームを使ったスイーツとか、ほんのり温かいスイーツとかは流行ってないんだって。

なので、ラティナさんにとっては珍しい生クリームたっぷりのクレープを選んだのだそうだ。

ちなみに、私は悩みに悩んだ挙げ句、チョコバナナクリームにした。

これで、今月のお小遣いがほぼなくなったので、デビーを誘ってまた魔物狩りに行かないといけないな。

「⁉　おいしいです‼」

クレープを頬張ったラティナさんが、満面の笑みを浮かべている。

それにしても、なんで他人が食べてるものって美味しそうに見えるんだろう？

ラティナさんのイチゴクリームが美味しそうだったので一口もらう。

お返しに、私のチョコバナナクリームも一口あげる。

お互いのクレープを食べさせ合い、その美味しさに揃って笑い合う。

あー、やっぱり仲良くなるにはスイーツだよねえ。

「それにしても……ヴィアちゃんのは、相変わらず割り切ってるよね」

「そうですか？」

ヴィアちゃんが頼んだのはチョコのみ。

他のトッピングは一切なしという、実に割り切ったクレープだった。

「私はチョコを味わいたいのです。他のトッピングなど雑味にしかなりませんわ」

「潔すぎて尊敬するわ」

こういうスイーツだと、普通色々悩むよねえ。

それなのに、ヴィアちゃんは昔からチョコ一択。

「それに比べて……」

私は視線をヴィアちゃんからレインに向けた。

そこには、生クリームとフルーツをたくさんトッピングしたクレープを幸せそうな顔して食べているレインの姿があった。

「うま……幸せ」

「ああ、ほら。またクリームが付いてますわ」

その横で、アリーシャちゃんが甲斐甲斐(かいがい)しく世話をしているのもいつも通りだ。

そう、レインはスイーツ大好き男子で、クレープ屋に来るといつもああなのだ。

「マックスも食べればいいのに」

もう一人の男子に声をかけると、マックスは「うっ」という顔をした。

「いや……もう匂いだけで歯が浮きそうだから……」

マックスはレインと違って、スイーツ苦手なんだよなあ。

嫌いってわけじゃないけど、甘すぎるのが苦手なんだそう。

そんな感じでワイワイ言いながら改めて家に向かおうとすると、レティの顔が強張(こわば)った。

「ん？　どしたん？　レティ」

「え、あ、いや」

レティはそう言うと、視線を逸らして俯(うつむ)いてしまった。

「？」

なんだろうと思ってレティが視線を向けていた方を見てみると、そこにはどこかの高等学院のものと思われる制服を着た三人の女子がいた。

同い年くらいかな？　まあ、この辺では珍しくない組み合わせだけど、レティの様子がおかしい。

「どうし……」

「あれぇ⁉　そこにいるの『卑怯者レティ』じゃない⁉」

レティにどうしたのかと訊ねようとする前に、その三人組の女子の一人が大きな声を出した。

到底、聞き逃せないようなことを叫びながら。

『卑怯者レティ』

目の前にいるこの女は、レティのことをそう呼んだ。

言っとくけど、レティは卑怯者などでは断じてない。

それは、まだ一ヶ月くらいの付き合いである私にだって凄く良くわかる。

それなのに、レティのことをそう呼ぶってことは……。

（レティ。もしかして、この子らがレティと一緒に受験したって子？）

私が小声でそう聞くと、レティは小さく頷いた。

あー、こいつらかあ。

レティだけ高等魔法学院に合格したから、それを妬んで周囲にレティを貶めるような噂を広げてる奴は。

その三人は、私たちを見るとニヤッとイヤラシイ笑みを浮かべた。

「アンタたち、この子の友達？　気をつけたほうがいいわよ？　この子、人を裏切るのが得意だから」

ニヤニヤしながらそう言うリーダー格の女。

その言葉に対して、レティは俯いて唇を噛み締めている。

言ってることはただの誹謗中傷なのに、高等魔法学院で授業を受けているレティならこんな奴らに負けないのに、なんで言い返さないの？

そう、ちょっと不満に思ってしまったけど……レティはあまり気の強い子ではないし、強く言われたら萎縮してしまうし、人と争うことが苦手なんだろう。

なら、ここは私がレティを守ってやらないと！

と前に出ようとすると、三人がさらにレティを貶めてきた。

「自分は神学校に行きたいなんて言って私たちを油断させておいて、自分はちゃっかり他の魔法の勉強もしてたりねえ」

「ねえ、すっかり騙されちゃった」

「卑怯よねえ」

そう言ってレティのことを貶めようとしている三人だけど……正直、私はコイツらがなにを言っているのかサッパリ分からない。

「ねえ」

私が三人に声をかけると、女たちはこちらを見た。

「アンタたち、なに言ってんの？」

心底不思議そうな顔をしてそう言ってやると、三人は顔を歪めた。

うわ、凄いブサイク。

「はあ⁉　アタシらはアンタらに忠告してやってんでしょうが！」

「なによ！　生意気ね！」

「高等魔法学院生だからって偉そうにすんじゃないわよ！」

三人は口々にそう言うけど……ええ？　偉そうに言ったかな？　私。っていうか……。

「今のどの辺が忠告になってるのか分かんないんだけど？」

私がそう言うと、今度は馬鹿にしたような顔になった。

「なによ。高等魔法学院生って言っても、頭の悪い子もいるのね」

「あれじゃない？　魔力ゴリ押しの脳筋タイプ」

「キャハハ！　魔法使いなのに脳筋て！」

よくもまあ、次から次へと悪口が出てくるもんだな。

「頭の良し悪しについては、アンタたちに言われたくないわね」

あ、また顔が歪んだ。

煽り耐性低いな、コイツら。

「そもそもさ、レティが神学校以外の勉強をしてて、それをアンタたちが知らなかったとして……それがアンタたちの受験の合否になんか関係あんの？」

「「「‼」」」

おお、今度は苦虫を嚙み潰したような顔に歪んだぞ。

顔を歪めるレパートリー、多いな。

「アンタたちが落ちたのは、アンタたちの努力不足であって、レティには一ミリも関係ないじゃない」

ますます顔が歪んでいく三人。

こっちは皆関心がないような顔をしているけど、デビーだけは笑わないように奥歯を嚙み締めてプルプルしている。

そういや、デビーも地元の人間に虐げられてたんだっけ。

そして、とうとう我慢の限界に達したのか、思いっきり「ブハッ！」っと吹き出した。

「あー、ダッサ‼　自分の実力不足を棚にあげた、ただの八つ当たりじゃん‼　アンタたち、ダサすぎ!!」

そう言って爆笑するデビー。

そういえば、レティが一緒に受験した同級生に、あることないこと吹聴されてるって聞かされたとき、そいつらぶっ飛ばしてやる！　って息巻いてたっけ。

あーあー、デビー、完全に煽りにきてるわ、これ。

煽られた三人は今にも激昂しそうで……。

「うるさいっ!!　アンタたちに！　アンタたちみたいな恵まれたエリートに！　私たちのなにが分かるっていうのよ!!」

……爆発しちゃったよ。

どうするのかとデビーを見ていると、デビーは突っかかってきた女のことを鼻で笑った。

「はっ。恵まれたエリート？　なに言ってんの？　言っとくけど、私は平民で経済状況も良くない家の人間だけど？」

「う……」

デビーの一言で、女たちはなにも言えなくなって黙り込んだ。

こういうとき、デビーの言葉には説得力があるよね。

私たちが言うと、嫌味に聞こえるもん。

「アンタらは、ただの努力不足だよ！　それを棚に上げて、他人を非難してんじゃないわよ！」

デビーは、本当に努力家だからなあ。

今までもそうだったし、私んちで魔法の練習をするのも一番真面目に取り組んでる。

そんなデビーからしたら、コイツらのことが生温くてしょうがないんだろう。

恵まれない境遇にも負けず、高等魔法学院入りをしているデビーの言葉に、三人はなにも言えずに俯いてしまった。

さて、ここからどう収めるのかと思っていると、リーダー格の女が睨みながら顔をあげた。

「ざ、残念だったわねマーガレット！　私たち、今の学院の実習で治療院の手伝いをしているのよ！」

「そ、そこで聖女様に会ったんだからね！」

「高等魔法学院にはそんなカリキュラムはないんでしょ⁉　ザマアミロ‼」

そう叫んだ三人は、自分たちの形勢が悪いのが分かったのだろう。そのまま走り去っていった。

そんな三人を見送って、デビーがお腹を押さえて跪いた。

「くっ、ヤバイ、最後にやられた……」

「ああ、デボラさん⁉　しっかりしてください！　か、彼女たちに何かされたんですか⁉」

お腹を抑えて蹲るデビーを、真剣な顔で心配するラティナさん。

違うよ？

笑いすぎて、腹筋がダメージを負ってるだけだよ？

よく見て？　周りの皆も、笑いを堪えてプルプルしてるから。

そんなデビーとラティナさんを見て、レティは「ふ、ふふふ」と笑い出した。

「シャル、デビー、ありがと。おかげでスッキリしちゃった」

レティは、おかしくて仕方がないといった表情で、私たちにお礼を言ってくれた。

「まあ、レティは誰かと言い合いをするのとか苦手そうだしね」

魔法の実力では完全にあの三人より上だけど、街中で魔法をぶっ放すわけにもいかないし、こういう言い合いは強気な方が向いてるしね。

レティには向かない。だから言いたい放題言われちゃうんだけどね。

ようやく笑いの発作が治まったのか、デビーがよろよろと立ち上がってきた。

「ふ、ふふ、あー、笑ったわ。まあ、私は前から一言言ってやりたかったしね！　こんだけ言い負かしてやったら、もう絡んでこないでしょ！」

まあ、本当にそうなるかは分からないけどね。

それにしても、今日はデビーの腹筋がよく狙い撃ちされる日だな。

心配そうにしていたラティナさんは、どうしてデビーが爆笑していたのか分からず、首を傾げている。

「えっと、なにがそんなに可笑しかったんでしょうか？」

この中で、ただ一人ラティナさんだけ事情を知らないので困惑している。

そりゃ自分の知らないことで周りが爆笑してたら、気になるよね。

「先ほど、あの方たちが治療院で聖女様にお会いしたと言っていたでしょう？」

「ええ、言っていましたね。聖女様と呼ばれる方がいらっしゃるのですか？」

「はい。治癒魔法に長け、慈愛(じあい)に満ち、そのお姿を見るだけで癒やされると噂されるほどのお方ですわ」

「まあ！　そんな方がいらっしゃるのですね！　そんな方にお会いできるなんて、少し彼女たちが羨ましいです」

「まあ、お会いしたというか、お見かけしただけだとは思いますが。その聖女様ですが」

「はい」

「シャルのお母様ですの」

「……え？」

ヴィアちゃんの言葉に、固まるラティナさん。

「え？　えっと、シャルさんのお母様って、確かレティさんに治癒魔法を教えてるって……」

「ええ。そして、私たちが今から会おうとしているお方ですわね」

「……ぷっ！」

ああ、ラティナさんも理解したね。

あの三人が見かけたとレティに自慢した相手は、直接レティに治癒魔法を教えてくれている先生でした。

娘もここにいます。

そりゃ、笑うよね。

「さて、それじゃあ、今度こそその聖女様のいる家に行こうよ」

私がそう言うと、レティもラティナさんもクスクス笑っていた。

「そうね。シシリー様をお待たせしちゃダメよね」

「わあ、シャルさんのお母様は聖女様なんですね！　お会いするのが凄く楽しみになりました！」

変な子たちに絡まれて変な雰囲気になったけど、もう大丈夫だろう。

私たちは、またワイワイとはしゃぎながら家路（いえじ）についた。

ちなみに、レティの元同級生たちが絡んできた際、デビーの元同級生の時のこともあって、護衛さんたちの間にメッチャ緊張が走ったらしい。

……ゴメンね？

◇第二章◇　恋の予感

「ただいまー」

スイーツとレティの元同級生に足止めされ、いつもの時間よりも遅くに家に帰ってきた私は、すぐに家の中の雰囲気がおかしいことに気付いた。

「ん？　なに？」

なんというか、緊張感が漂っているというか、ピリピリしている。

「お、おかえり、お姉ちゃん」

そんな中、私に声をかけてきたのは、三歳年下で今年からアールスハイド中等学院一年生になった弟のショーンだ。

ショーンは、ママ譲りの青い髪と優しい顔立ちをしており、性格もおっとりしている。

そのショーンが、緊張した面持ちで私に話しかけてきたのだ。

「あ、うん、ただいまショーン。えっと、どうしたの？」

「どうしたもこうしたも……」

ショーンはそう言うと、リビングの方をチラッと見た。

そこには、ママが優雅(ゆうが)に紅茶を飲みながらソファーに座っていた。

ソファーに座っているママは、顔は笑っているが、思わず背筋がゾクッとするような雰囲気を醸(かも)し出(だ)している。

え、やば。

あれ、メッチャ怒ってんじゃん………。

「シャル」

「ひゃ、ひゃい‼」

ママが怒っているのを認識してしまったので、ママから呼び掛けられた時、変な声が出てしまった。

「お帰りなさい」

「あ、た、ただいま……」

「ちょっと、こっちにいらっしゃい」

「はい！」

ママに、こっちに来いと言われれば、一も二もなく向かわなければならない。

たとえ、今日初めて家にきたラティナさんを放置してもだ。

「お座りなさい」

「はい」

私はママに返事をすると、ママが座っているソファーの前の床に膝を揃えて座った。

「今日、学院から連絡がきました」

「……」

げ、ヤバイ、もう学院から家に連絡が入ってた！

「魔法練習場を壊しかけたそうですね？」

「あ、いや、パパの魔法防御がかかってるって聞いてたから、大丈夫かなって……」

「ん？」

「はい！　すみません！」

いけない！

怒ってるママに口答えしてはいけなかった！

「しかも、それだけでなく、皆を危険に晒したとか」

「……はい。すみません」

あれは本当に申し訳ないことをしたと本気で反省している。

まさか、障壁に阻まれた魔法があんな反応をするとは思いもよらなかった。

ママの言葉で、自分のやらかしたことを再認識した私は、思わず俯いてしまった。

そんな私を見て、ママは深い深い溜め息を吐いた。

「あなたは本当に……思いつきで行動するところはパパそっくりです」

「え⁉」

「嬉しそうな顔をしない」

「はい」

パパに似てると言われて思わず嬉しくなってしまった私は、ママが褒めているわけではないことに気付き、また顔を下げた。

「確かに、パパも思いつきで行動することは多かった……今もそうですけど、パパにはそれをリカバリーできる力があります。でも、シャルにそんなことができますか？」

「……できません」

くぅっ……パパと比べるのはズルい。

「そんなパパでも、本当に危ないと思ったこと……皆を危険に晒すようなことはしませんでした。ましてや、パパに比べてまだまだ未熟なシャルは、もっと考えて魔法を使わなくてはならないのですよ？」

「……おっしゃる通りです」

「本当に反省していますか？」

「はい」

「本当かしら……まあいいでしょう。ヴィアちゃんたちを巻き込みかけたことは本当に反省しているようですし、今は信じます」

「……」

お、これは、いつもより早くお説教から解放されるか？

「ただし」

そう思ったのに、どうやら甘かったようだ。

「今後、無闇矢鱈に魔法を使ったり、暴走させたりしたら、その都度罰を与えますからね」

まあ、魔法の暴走とは言っても、パパが作って広めた、学生から魔法師団員まで全員がつけている腕輪のおかげで魔力暴走はしないんだけどね。

ママが言っている暴走とは、今回のように不適切な魔法を使うということだろう。

「えっと、罰って……」

私がそう言うと、ママはニッコリ笑って言った。

「治療院で無償奉仕」

「うえ……」

学院でも言ったけど、私はグロいのが苦手なのだ。

それなのに、その治療院で無償奉仕。

嫌すぎる。

「はい！　もうしません！」

私が背筋を伸ばして真剣な顔でそう言うと、ママはまた溜め息を吐いた。

「まったく。治療院での治療は治癒魔法が使える人なら率先してやるべきことですよ？　それをあなたは……」

「だって、グロいの本当に苦手なんだもん。吐いちゃう」

「……動物の解体はできるようになったのに、なんでまだ苦手なんですか」

「だって、人と動物は違うよ。人が怪我してるの見たら気分が悪くなるんだもん」

「まあ、治癒魔法士を目指しているわけではないですから深刻な問題ではないでしょうけど……今度やったら、本当にその苦手な治療院に行かせますからね」

「はーい」

「まったく……ごめんなさいね、みんな。お待たせしちゃったわ」

私へのお説教が終わったママは、ヴィアちゃんたちに向かって本物の笑顔を向けた。

私に向けたのは威圧の笑顔だ。

「い、いえ。大丈夫ですわ、おばさま」

「う、うん。シャルには必要なことだから」

「教育、大事」

ヴィアちゃんたち幼なじみズは、怒ったママが超怖いことを知っているので反論するなんてことはしない。

ヴィアちゃんたちの素直な反応に満足そうに頷いたママは、そこでラティナさんがいることに気が付いた。

「あら？　初めましての子がいますね」

「は、はい！　ヨ、ヨーデンから留学してきました、ラティナ＝カサールと申します！」

「まあ、初めまして。シャルロットの母、シシリーです。よろしくね」

「は、はい！　よろしくお願いします！」

ママに声をかけられたラティナさんは、自己紹介をして深々と頭を下げた。

ここに来る前より大分緊張している気がする。

話で聞くより、本物のママを前にして緊張感が増してしまったのかな？

あまりに緊張しているので、アリーシャちゃんがラティナさんのそばに行ってなにやら小声で話している。

（どうしましたの？　緊張しすぎですわ）

（え、いや、その……聖女様って怖い方なんですね……）

（あー……）

こちらには聞こえない声でボソボソ話していると思ったら、なぜか私を残念な子を見る目で見てくるアリーシャちゃん。

なに？

（あれはシャルロットさんにだけですわ。私たちには本当にお優しい方ですので、安心してくださいな）

（そ、そうなんですね）

ようやくホッとした顔をしてラティナさんが顔をあげた。

なにを言ったんだろう？

ちょっと疑問に思ったけど、ラティナさんの緊張も解れたみたいだし別に聞かなくてもいいかな。それより、今日の本題に入ろう。

「あのねママ。彼女、アールスハイドで治癒魔法を習いたいんだって」

「治癒魔法を？」

「うん。ヨーデンでは治癒魔法は失伝してしまった技術なんだって」

「まぁ……」

ヨーデンには治癒魔法がないという話を聞いて、ママは気遣わしげな表情でラティナさんを見た。

「でね。治癒魔法といえばやっぱりママじゃん。だから、ママに治癒魔法を教えてもらおうと思って連れてきたの」

「そうだったの」

ママはそう言うと、頬に手を当てて困った顔をしてしまった。

「どうしたのママ？」

「うーん。治癒魔法を教えるのはもちろん構わないんだけど……」

ママは困った顔をしたままラティナさんを見た。

「彼女、ヨーデンからの留学生でしょう？　勝手に魔法を教えてもいいものかどうか、パパに聞いてみないと分からないわねえ」

「あ……」

その言葉を聞いて、ラティナさんがハッとした顔をした。

「え、ダメなの？」

「そうねえ、誰になんの魔法を教えるのか、すでに決まっている可能性があるから、一度聞いてみないとダメね」

「そっかー」

なら仕方ないね。

「ラティナさん」

「はい？」

「パパが帰ってくるまで待ってようよ」

「え？」

「ちょっとシャル。わざわざ待たなくても……」

「あ、ヨーデンの留学生宿舎（しゅくしゃ）に連絡しておいた方がいいね」

「え？」

「あ、シャル！　待ちなさい！」

善は急げだ！

ラティナさん「え？」しか言ってないけど、治癒魔法を覚えたいならこれは必要事項だ。

固定通信機が置いてある場所までラティナさんの手を引いて連れて行く。

「え？　え？」

「ラティナさん、宿舎の通信機番号って持ってる？」

「え？　あ、はい。緊急連絡用に持たされていますけど……」

「じゃあ、かけて」

「あ、はい」

ラティナさんは鞄から宿舎の番号を取り出した。

「えっと……どうやって使うのでしょうか？」

「あ、通信機使ったことない？」

「はい……」

「じゃあ、私がかけてあげる」

私はラティナさんから番号を預かると、ヨーデンの宿舎へ通信をかけた。

「ほら、相手が出たら話してね」

「は、はい！」

番号を入力して宿舎に繋がったことを確認すると、受話器をラティナさんに手渡した。

初めての通信だからか、ラティナさんがめっちゃ緊張してる。

「!! あ！　あにょ！　キャ、カサールですが！」

わあ、噛みまくりだ。

大人な雰囲気のラティナさんがアタフタしている姿は、見ていてちょっと萌えるわあ。

「えっと、えっと、あれ？　なんでしたっけ……ああ！　すみません！　あのですね！」

緊張しすぎて、なにを話せばいいのか分からなくなってるなあ。

しょうがない、ここは私が……。

「申し訳ありません。代わらせていただきました。シン＝ウォルフォードの妻、シシリーと申します。いつも主人がお世話になっております」

と思っていたら、ママが先にラティナさんから受話器を受け取っていた。

「いえ、こちらこそ。実は、うちの娘とラティナさんが同級生になりまして。ええ。それで娘が家にお連れしたのですけど、主人と話をしないといけないことがありまして、主人の帰宅までラティナさんを家にお引き止めしてもよろしいかどうか連絡を差し上げたのです」

わあ、さすが大人。

通信が堂々としてる。私じゃ、あんな話し方できないよ。

「よろしいですか？　ありがとうございます。はい。お話が終わりましたらラティナさんは責任を以て（もって）お送りいたします。はい。それでは、失礼いたします」

ママはそう言うと、受話器を置いて通信を終了させた。

そして、クルリと私の方を見ると、そのまま私の頰を抓（つね）った。

「いひゃっ！　みゃみゃいふぁい‼」

「この子はもう！　通信をしたことのないラティナさんにいきなり喋らせるなんて！ごめんなさいねラティナさん。驚いたでしょう？」

ママは、私の頰を抓ったままラティナさんに謝罪した。

「い、いえ！　き、緊張しましたけど、面白かったです」

「そう？　それならいいけど……こういうことも、色々経験していきましょうね。シャルを練習台に使うといいわ」

「は、はい！」

「みゃみゃいふぁい」

「我慢なさい！」

「みゅー……」

ラティナさんに慈愛の笑みを浮かべるも、その指は私の頬を抓っている。

ママに何度も痛いと訴えても、中々指を離してくれなかった。

そんな状態で笑みを向けられたもんだから、ラティナさんの顔が引き攣ってるよ。

「あ、あの、おばさま、ラティナさんも驚いていますので、そのくらいで……」

「あら、ごめんなさいねラティナさん。はしたないところを見せちゃったわ」

「い、いえ！」

「ふひゅー」

ヴィアちゃんのナイスフォローでようやくママの手が離れた。

むー、痛かった……。

「まったく。その思いつきで行動する癖をなんとかしなさいと言ったばかりでしょう？」

「だって……」

「ん？」

「はい！　ごめんなさい！」

「もう」

思わぬところでママのお仕置きをくらったけど、これでパパが帰ってくるまでラティナさんが家にいてもいいことになった。

なので、パパが帰ってくるまでの間、お茶を飲んだりおやつを食べたりしながらお喋りに興じることになった。

帰りにクレープを食べたのは、歩いて帰ってきたからカロリー相殺でノーカンです。

「はー、気兼ねなくお菓子が食べられるのは素晴らしいですね」

「ノヴァ、あなた家庭教師の授業はどうしたのですか？」

「今日はお休みですよ、姉様」

私たちに交じって一緒にお茶をしているのはヴィアちゃんの弟であるノヴァク君。

サラサラの金髪にお父さんであるオーグおじさん譲りの美しい顔をした、アールスハイド第一王子様だ。

ショーンと同い年で、私とヴィアちゃんのような幼馴染みの関係を築いている。

なので、学院終わりにこうしてウチに寄っていく事もある。

王子様なので、学院の勉強以外にお城で王子様としての勉強もあるそうなのだが、今日はたまたま休みだったそうだ。

王城ではお茶を飲むにしてもお作法とか面倒臭いって言ってたから、そういうのを気にしなくていいウチのことを大層気に入っている。

……アールハイド王家、ウチのこと保養地かなんかと勘違いしてないかな？

そんなショーンとノヴァ君の幼馴染み二人だが、さっきからチラチラとラティナさんを見ている。

年上で、褐色肌のグラマラスなお姉さんに視線が吸い寄せられているのが手にとるように分かるよ。

はぁ、中等学院一年生とはいえ男だったか。

「ラ、ラティナさんはヨーデンを代表して留学してこられたのですよね？　優秀なんですね」

「あら、そんなことありませんよ。私は使節団に兄がいますから、その縁故もあったんだと思います」

思い切って声をかけたショーンの問いに、にこやかに応えるラティナさん。

そうなんだ、ラティナさん、使節団にお兄さんいるんだ。

「へえ、初耳」

「あ、ごめんなさい。高等魔法学院は実力のみで選ばれる学院だと聞いたものですから、身内のコネで留学生に選ばれた私のことはよく思われないんじゃないかと思って……」

「それなら、なんで今教えてくれたの？」

私がそう聞くと、ラティナさんはちょっとバツが悪そうな顔をして言った。

「えっと……その、今日一日皆さんと一緒にいて、こういう話をしても蔑んだりしない方たちだと思えたので……」

ああ、私たちを最初から信用しなかったことにちょっと罪悪感を感じてるのか。

「そっか。でも、そりゃしょうがないよ。私たち初対面なんだし、性格なんて見ただけじゃ分かんないもんね」

私がそう言うと、ラティナさんは目を見開いた。

「……気分を害されないのですか？」

「なんで？　最終的にラティナさんが選ばれたのはコネかもしれないけど、あの魔力制御を見てコネだけで選ばれたとは思わないよ」

ラティナさんは、私の言葉を聞くと、フワッと微笑んだ。

「ありがとうございます、シャルさん」

褐色美人のラティナさんの微笑みは強烈だね。

マックスたちだけじゃなく、ショーンとノヴァ君まで真っ赤になってる。

中等学院のお子様には刺激が強すぎるよ。

そんな感じでラティナさんを含めて談笑していると、リビングにゲートが開いた。

パパが帰ってきたのかな？　と思ったが、ゲートから出てきたのは別の人物だった。

「ただいま……うわっ、今日は大盛況だね」

「あ、お帰りお兄ちゃん」

「おかえりー」

「ああ、ただいまシャル、ショーン」

そう、ゲートから出てきたのは私の兄であるシルバーお兄ちゃんだった。

お兄ちゃんは、アルティメット・マジシャンズに入団したことで、団の秘匿魔法(ひとくまほう)であるゲートを教えてもらい、早々に習得したのだ。

くぅ、うらやましい……！

そんな突然現れたお兄ちゃんに、あの人が黙っているはずがない。

「おかえりなさいませ！　シルバーお兄様！」

ヴィアちゃんが、突然現れたお兄ちゃんに向かって突撃し、お兄ちゃんもいつものように受け止めた。

もう、ヴィアちゃんがおっきなワンコにしか見えない………

「うわっと。ただいまヴィアちゃん。あれ？　ノヴァ君も？」

「はい。お邪魔してます」

「どうしたの？　もうずいぶん遅い時間だけど、皆帰らなくていいのかい？」

お兄ちゃんが帰ってきたということは、もう時間は夕方を過ぎて夜になりかけているということ。

いつもならとっくに帰宅している面々を見て、お兄ちゃんは首を傾(かし)げた後、その集団の中にいるママに目を向けた。

「あれ？　母さんが許可したの？」

「ええ。ラティナさんのことでパパに確認しないといけないことができたから、皆で待ってるのよ」

「ラティナさん？」

ママの視線の先に、お兄ちゃんも視線を向けた。

そこには、赤い顔をして、口をちょっと開けたラティナさんがいた。

……あれ？　これ、もしかして、ヤバイ？

「ああ、ひょっとして、ヨーデンからの留学生？　初めまして、シャルロットの兄のシルベスタです。皆からはシルバーって呼ばれてるよ」

お兄ちゃんがニコヤカに挨拶をしながらラティナさんに手を伸ばす。

そのラティナさんは……。

「えぁ⁉　は、はい！　そうです！　留学生のラティナ＝カサールと言います！」

真っ赤な顔をして、噛み噛みな挨拶をしながら差し出したお兄ちゃんの右手を両手でしっかりと掴んだ。

そんな緊張でガチガチなラティナさんと違ってお兄ちゃんは余裕綽々(よゆうしゃくしゃく)だ。

「はは、そんなに緊張しなくてもいいよ。妹の同級生なんだから、もっと気楽にね」

「は、はい！」

そう言ってお兄ちゃんの顔を見るラティナさんの顔は……。

ああ、やば、恋する乙女の顔してる。

そうなると、お兄ちゃんにくっついている……。

「ひっ！」

お兄ちゃんに抱きついているヴィアちゃんの顔が、お芝居で見る無表情の仮面みたいになってる!!

「ヴィ、ヴィアちゃ……」

「シルバーお兄様、今日はどんなことをされましたの？」

ヴィアちゃんを落ち着かせようと思って声をかけようとしたら、さらに身体を密着させてお兄ちゃんに話しかけた。

うわあ……めっちゃラティナさんを警戒してお兄ちゃんにアピールしてる。

その警戒されたラティナさんはというと、思い切り目を見開いている。

そりゃそうだ。

お兄ちゃんの前だと「誰⁉」って言いたくなるくらい、ヴィアちゃんの態度が変わるからね。

まさか、王女様が男の人に抱きつくなんて思いもしなかっただろうし。

そんなラティナさんは目に入っていないのか、お兄ちゃんはヴィアちゃんとの話を進めていた。

「え？　ああ、今は魔法師団に出向していてね。警備隊の人たちと一緒に街の警備に当たってるんだよ」

お兄ちゃんは高等魔法学院を卒業後、パパが代表を務めるアルティメット・マジシャンズという、市民からの高難度の依頼を処理する魔法士集団に所属している。

高難度じゃない依頼はハンター協会に回るようになってる。

ハンター協会のハンターでは処理できないような依頼を処理するので、まず第一に求められるのが高い実力。

縁故は一切通用しない。

確かに代表はパパだけど、お兄ちゃんも厳しい入団試験を受けて合格したから入団できたのだ。

そんな魔法士集団に入団したお兄ちゃんだが、まだ入団ちょっとで現場に出られるような実力はないと判断され、実戦で活躍できるように現在研修中。

専用に建てられた魔法練習場で先輩たちから魔法の指導を受けたりしている。

その研修の一環なのか、今は魔法師団に出向して一緒に業務を行っているそうなのだ。

話を聞いているだけだから、実際どんなことをしているのかは私も知らないんだけどね。

業務上の守秘義務があるとかなんとかで。

「そういえば、今日ヴィアちゃんたちの護衛に当たってた人たちがヒヤッとしたって言ってたよ。なんか、街中でどこかの高等学院生に絡まれたんだって？　大丈夫？」

「ふふ、心配してくれているのですね。大丈夫です、普通の学生のようでしたし、シャルもマックスたちもいましたから」

どうやら、レティの元同級生に絡まれたのを護衛の人たちから聞いたらしい。

ちなみに、ヴィアちゃんの護衛は騎士団や魔法師団の人たちが合同で担っている。

魔法師団の人が索敵、騎士団がいざというときに取り押さえる役目なんだそうだ。

「すみませんシルバーさん。絡んできたのは私の元同級生で、彼女たちの目当ては私だったので、殿下には危険はありませんでしたから」

「そう。でも、気をつけないといけないよ？　ヴィアちゃんは王女様で、こんなに可愛いんだから」

お兄ちゃんはそう言うと、ヴィアちゃんの頭を撫でた。

……これで付き合ってないってどういうことよ。

頭を撫でられたヴィアちゃんの顔は………

「にゅ、にゅふふふ……」

うわあ……王女様がしちゃいけない蕩けた顔してるよ。

弟のノヴァ君がドン引きしてるぞ。

「……あ」

そして、さっき恋する乙女の顔をしていたラティナさんだが、ヴィアちゃんとお兄ちゃんのやり取りを見て察したのか、ちょっと寂しそうな……残念そうな顔をしている。

……一目惚れしたと思ったら、相手がすでにいました。

ふ、不憫だ……。

「それで、父さんに確認しないといけないことって？」

ヴィアちゃんを蕩けさせていることに気付いていないのか、お兄ちゃんは普通のトーンで話を進め出した。

……ヴィアちゃんも不憫だ……。

「ああ、それはね……」

ママがお兄ちゃんに説明しようとしたとき、リビングにもう一つゲートが開いた。

「ただいまー」

そう言いながらゲートから出てきたのはパパだ。

「おかえりなさいシン君」

「ただいまシシリー」

ゲートから出てきたパパを真っ先に出迎えたのは当然ママで、それに応えたパパは物凄く自然な流れでママとキスした。

それを見た私たち三兄妹はゲンナリした顔をして、それ以外は気まずそうな顔をしている。

それより……。

今日は、ラティナさんがよく赤くなる日だな。

ラティナさんは、目を見開いて真っ赤だ。

「……パパ、ママ、私たち全員いるんだけど……」

子供の前でイチャつかないでよ、本当に……。

幼い頃はこれが普通だと思ってたけど、いまだにラブラブなのって子供的にキツイのよ！

「ん？　お、なんだ皆、まだいたのか。もうとっくに日が暮れてるぞ？」

「連絡してありますから、大丈夫ですわ、おじさま」

「そうなの？」

「はい。なので、おばさま」

「ええ。あのねシン君、シャルが留学生の子とお友達になって家にお呼びしたのだけど」

「え、そうなの？」

ママの言葉を聞いて、パパは私たちを見回した。

結構な人数がいるから、すぐに分からなかったんだろう。

ラティナさんを見つけると、そこで視線が止まった。

「ああ、えっと君は確か……」

「はい、ラティナ＝カサールです！　お久し振りです、シン様」

「そうだ、カサールさんの妹さんだ。シャルと友達になってくれたんだね。ありがとう」

「いえ、こちらこそ。シャルさんには初日からお世話になってしまって」

「いやいや、そもそもシャルはラティナさんのお世話係だからね。世話を焼くのは当然だよ」

学院で聞いていた通り、パパとラティナさんは顔見知りらしく、特に緊張せずに話をしていた。

「それでね、ラティナさんは治癒魔法を習いたいらしいのだけど、もしかしたら誰になんの魔法を教えるのか決まっているのかもしれないと思って、シン君が帰ってくるまで待ってもらっていたんです」

「そうだったのか。いいよ。使節団からは、攻撃魔法は向こうの大陸で忌避されてるから教えないでくれってことだけで、治癒魔法については何も言われてないから」

「そうなんですね。良かった。ヨーデンでは治癒魔法が失伝していると聞いたので教えてあげたかったんです」

そういうママの顔は慈愛（じあい）に満ち溢（みあふ）れていて、まさに『聖母』って感じの笑みを浮かべていた。

「そういうわけで、許可が出ましたのでラティナさんにも治癒魔法を教えますね」

「は、はい！　ありがとうございます‼」

切望していた治癒魔法を教えてもらえるということで、ラティナさんは深々と頭を下げてお礼を言っていた。

一緒に聞いていたレティが「良かったね！　一緒に頑張ろうね！」とラティナさんと喜びを分かち合っていて、私たちはそれを微笑ましく見守っていた。

すると、同じく二人を見守っていたパパが、何かに気付いたように声をあげた。

「っていうか、これくらいの内容だったら無線通信機で連絡してくれれば良かったのに」

「あ」

そういえばそうだった。

パパの仕事中は、よっぽどの緊急でないとかけちゃいけないっていう意識があったから、全然思い浮かばなかった。

すると、ママが溜め息を吐いた。

「シャルが、パパを待とうって先走ってしまって……宿舎にも連絡してしまったものだから待たざるを得なかったんですよ」

ママから説明されたパパは、私を見ながら苦笑していた。

「まあ、友達のために行動できるのはいいことじゃない？」

「それはそうですけど、一度立ち止まって考えて欲しいんですよ……もう、本当にこういうところはシン君そっくりなんですから」

「はは、女の子は父親に似るって言うし？　そんなもんじゃない？」

「そうだよママ」

「それは容姿の話です」

「「そうだっけ？」」

「まったくもう」

ママの呆れた声を聞いた皆の笑い声がリビングに響いていた。

◆

「ふぅ……」

ウォルフォード家から車で宿舎に送ってもらったラティナは、自分の部屋に入るとベッドに座って一つ息を吐いた。

今日は、待ちに待った留学の初日。

留学した学院は、アールスハイドでもトップの魔法学院で、身分を一切忖度せず実力のみを見るというアールスハイド高等魔法学院。

皆実力のみで学院に受かった実力者ばかりで、一応自分も国内では成績優秀だとは自負しているが最終的に留学生に選ばれたのはコネによるものだと自覚しているラティナは、ひょっとしたら受け入れてもらえないかもしれないと危惧していた。

実際に会った彼ら彼女らに実力者特有の傲慢さは見られず、実にフレンドリーに接してくれた。

事前にヨーデン独自の魔法だと聞かされていた変成魔法を披露した時は、皆が手放しで称賛してくれたほどだ。

これなら自分がコネで留学生に選ばれたと知られても蔑まれたりはしないだろうから、そのうち話してもいいかな？

と、そう思っていたからだろう。シャルロットの弟であるショーンからの質問に答えた際にうっかり自分がコネで選ばれたと言ってしまった。

しかし、事前に自分の魔法を見せていたことが幸いしたのか、やはり皆から蔑むような目は向けられなかった。

それどころか、聞けばこの国はもとよりこの大陸でも随一の治癒魔法の使い手であるシャルロットの母から治癒魔法を教えてもらえるようにもなった。

たった一日なのに激動の一日だったたと、ラティナは思い返す。

それに、何より一番衝撃的だったのがシャルロットの兄シルベスタを見たときだった。

高い身長、整った顔立ち、輝くようなサラサラの銀髪、引き締まった体躯。

その場には本物の王子様であるノヴァクもいたが、まだ中等学院一年生と幼く、シルベスタの方がよっぽど王子様っぽいと思ってしまった。

シルベスタは、ラティナが今まで目にしてきた男性の中でも最上級に格好良く、ラティナの目は一瞬にして奪われた。

ラティナは、自分がシルベスタに一目惚れをしたと自覚した。

そして、それと同時に失恋したとも感じた。

この国、アールスハイドの王女であり、容姿も体形もこれまた今まで見たことがないレベルで美しいオクタヴィアが、まさに恋する少女の顔でシルベスタに抱きついたからだ。

オクタヴィアは王女。

王子様っぽいシルベスタと王女様のオクタヴィア。

お互い滅多に見ないほどの美形で、お互いを愛おしく思い合っているように見える。

こんなにお似合いなカップルはそうそういないと、知らず知らずのうちに自ら敗北を悟ってしまった。

身分的には王族と平民だが、今まで貴族階級のない世界で生きてきたラティナにそのあたりの考えはない。

まあ、ウォルフォード家の人間というだけで、誰も王族との婚姻を反対するものはいない。

反対に、ウォルフォード家以外の平民だったら大問題になる。

オクタヴィアとシャルロットは、生まれた時からの幼馴染みだと聞いている。

であるならば、シャルロットの兄であるシルベスタとも幼い頃からの付き合いなのだろう。

今まで関わった時間が違いすぎる。

そんなオクタヴィアとシルベスタに自分が割って入ることなど、無謀以外の何ものでもない。

確かにシルベスタは素敵な男性だけれども、これは諦めざるを得ないなと、思った。

まあ、想いが募る前で良かったのかも……。

良いこともあったが、ちょっと凹むこともあった。

そういった色んな感情が入り混じった溜め息だった。

明日からはそういうことを忘れて、学院での勉強と、アールスハイドの文化を学ぶこと、それと治癒魔法の習得に全力を尽くそう。

そう決意したときだった。

ラティナの部屋の扉がノックされた。

「はい？」

「ラティナ、俺だ。入ってもいいか？」

「お兄ちゃん？　良いよ、大丈夫」

部屋を訪れたのは、ヨーデンからの使節団の一員で、今回ラティナが留学生に選ばれるきっかけを作った彼女の兄だった。

「初日から遅かったな。ウォルフォード家でなんの話をしてたのか聞いても良いか？」

その兄の言葉で、シシリーが通信機で話していた内容を思い出す。

そういえば、あのとき具体的な理由を話してなかったことに思い至り、さっきまでウォルフォード家で話していた内容を兄に話した。

「えっと、学院で同級生になったウォルフォード家のシャルロットさんのお母さんが、聖女って呼ばれるほど治癒魔法が上手らしくて、私にも治癒魔法を教えてもらえないかって頼みに行ったの」

「治癒魔法⁉　そ、それで、どうなった⁉　教えてもらえることになったのか⁉」

「ちょっと落ち着いてよ。それで、私が留学生で勝手に教えて良いものかどうか分からないから、シン様から話を聞くためにウォルフォード家で待たせてもらったの」

「ああ、そういう理由だったのか。何をシン様に確認するのか分からなかったから気が気じゃなかったぞ」

「内容が内容だったから、シシリー様も迂闊に言えなかったみたい。それで、シン様が帰ってきて、治癒魔法を教えることに問題はないって言ってもらえたわ」

「そうか！　そうか‼　よくやったラティナ‼」

ラティナの兄は、心底嬉しそうな顔をしてラティナに抱きついた。

「わっ！　ちょっと！　離してよ！」

「っと、悪い。あまりにも嬉しくてはしゃいでしまった」

「そういうわけで、これから毎日じゃないけどシシリー様に治癒魔法を教えてもらえることになったから、帰りが遅くなる日が増えると思う」

「それは全然構わない。むしろ帰国したら皆にも教えられるようにしっかり教えてもらってきて欲しい」

「うん。分かった」

ラティナが頷いたことで、兄は安堵の息を吐いた。

「はぁ、まさかシン様の奥様から治癒魔法を習えるようになるとはな。奥様の治癒魔法については、アールスハイドで知らない者はいないくらい凄いらしいから、できれば教えてもらいたいと思っていたんだ」

「そんなに凄いの？　具体的な話は聞いてないから、私はよく分からないんだけど……」

「相当らしいぞ。千切れた腕や足を魔法で繋いだとか、内臓が損傷するほどの致命傷を負った患者を傷跡も残さないで治したとか、ちょっと眉唾な話もあるけどその実力は間違いないらしい」

兄の言葉を聞いて、ラティナは絶句した。

「そ、それはさすがに盛りすぎじゃ……」

「俺もそう思う。けど、皆口々に言うんだ、腕が切られたくらいじゃシシリー様かシン様に頼めば繋げてもらえるってな」

「す、凄いんだね……っていうか、そんな噂どこから聞いてくるの？」

「今、俺たちは王城で交易について話し合ってるからな。王城にはたくさんの情報が集まってくるから、色々と話が聞けるんだよ」

「へえ」

王城、ヨーデンで言えば大臣たちが集まる議事堂みたいなところだろうか。

そんなところに毎日足を運んでいれば、色んな情報を仕入れられることだろう。

とラティナが納得していると、兄が「そういえば」と何かを思い出したように話し出した。

「今日、ちょっと不思議な話を聞いたんだけど」

「不思議な話？」

「ああ。この国の歴史については、簡単に教えてもらっただろ？」

「うん。本当に簡単にね」

「その中で、教えてもらってない近年の大きな混乱があったんだ」

「大きな混乱？」

「ああ、今から……十八年前か。シン様や陛下がまだ学生の頃の話だそうだが……一時この大陸の人類は滅亡の危機に瀕したことがあるらしい」

「め、滅亡の危機⁉　え？　それを教えてくれてないの⁉」

人類滅亡の危機なんて、歴史を語る上で絶対に省いちゃいけない出来事な気がするけど、実際そんな出来事があったなんて聞いていない。

「そ、それって、どんなことがあったの？　まさか、御伽噺みたいに各国全面戦争とか……」

「いや、それが違うんだよ」

そう言った兄の顔が、急に真剣なものになった。

「違うの？　なら、何が原因だったの？」

それに引っ張られるようにラティナも真剣な顔で聞いた。

「それがな、魔人と呼ばれる一団が各国に向けて人類を滅亡させると宣戦布告をしたんだそうだ」

「ま、魔人？」

聞いたことがない言葉に、ラティナは首を傾げた。

「ああ、俺も初めて聞いたんだけどな。なんでも、魔物化してしまった人間のことを魔人と呼ぶそうだ」

「ま、魔物化⁉　人間って魔物化しないいんじゃなかったの⁉」

「俺もそう思ってたんだけどな……実際魔人は大勢いたらしい」

「そ、そんな……」

「で、その魔人なんだけどな、どんなものなのか聞いてみたんだ」

「うん」

ラティナが相槌を打つが兄は中々話し出さない。

「お兄ちゃん？」

「ん？　ああ、その魔人の特徴ってのがな……」

「うん」

「目が赤くなった人間っていうんだ……」

「‼　お、お兄ちゃん、それって……」

「ああ、ヨーデンの『救世主伝説』に出てくる救世主様にそっくりだろ？」

ヨーデンに伝わる『救世主伝説』とは、昔、人間と同じく魔物化はしないと思われていた竜が魔物化したことがあった。

魔物化した竜はヨーデン中を荒らし回り、一度ヨーデンも滅亡の危機を迎えたことがあった。

そんな中、目を赤く光らせた人物が竜の魔物に挑み、自らの命を捧げるような戦いを挑んだ末、竜の魔物を相討ちで倒した、というものだった。

目が赤く光る人間などというものはその後もヨーデンでは確認されておらず、滅亡の危機に瀕したヨーデンに神が送り込んだ使者なのだろうと噂された。

それ以降、目が赤い人間は神から遣わされた使者という認識がヨーデンで広まったのだ。

「え、じゃあ、使者様も魔人……」

「それは分からないけど、特徴は似ている。これは検証すべき問題だとは思わないか？」

「それは、確かにそう思うけど……私に言われても何にもできないよ？」

ヨーデンで広まっている救世主と魔人は同一のものなのか？

確かに興味はあるけれど、それを検証しようと言われても一高等学院生であるラティナには、そもそも何をどう検証していいかも分からない。

なぜそんな話を自分にするのだろう？　とラティナは首を傾げた。

すると、兄から予想外なことを言われた。

「実はな、その魔人による騒動……こっちでは魔人王戦役って言うらしんだけど、その中で気になる話があるんだ」

「気になる話？」

「ああ。魔人王戦役後、シン様たちは一人の赤ん坊を養子に迎えている」

「養子？」

「ああ。なんでも、魔人に殺されずに生き延びた女性が産んだ子供がいて、母親は最終的に魔人に見つかって殺されて孤児になった子供らしいんだが……ちょっと不自然じゃないか？」

「え？」

「だって、相手は世界を滅ぼすとまで言ったそうなんだ。実際、大きな国の人間を一人残らず虐殺したらしい」

「ひ、一人残らず……」

国の人間を一人も残さず虐殺するという残虐な行為に、ラティナの顔が真っ青になる。

「ね、ねえ、それ、本当に救世主様と同じなの？　そんな恐ろしいことをする人たちが救世主様と同じ種族だなんて思えないんだけど……」

「それはそうなんだが……もしかしたら魔人はこの大陸では迫害されているのかもしれない。俺たちだって、酷く虐げられたら復讐してやりたいって思うだろ？　そういうことなんじゃないか？」

「まあ、分からなくもないけど……」

人間だって復讐心で行動する者がいる。

魔人という種族が差別・迫害されていればそういう可能性もあるのかも、とラティナは無理矢理納得した。

「それよりもだ。シン様たちがその孤児を養子に迎えたのは、魔人たちがその国を滅ぼしてから約一年後。それまでその母親……いや、一人では子供は作れないから夫婦だな。それが生き残っていた。どうやって？」

「どうって？　魔人たちから逃げ回っていたんじゃないの？」

「食料は？　隠れるところは？　話によると、その亡国内は、巨大な魔物が闊歩する魔境になっていたらしい」

「きょ、巨獣が⁉」

この巨獣というのは、この大陸でいう災害級の魔物のヨーデンでの呼び方である。

そんな滅多に遭遇しない魔物が闊歩する地なんて、魔境以外に例える言葉が思いつかない。

「そんな巨獣が闊歩する国内を逃げ回り、食料も手に入れ、さらに子供を産む……本当にそんなことが可能なのか？」

「そんなこと言われても……それで、結局何が言いたいの？」

するとラティナは、兄が何を言いたいのかサッパリ分からず、答えを言うように促した。

ラティナは、兄から帰ってきたのは、ラティナにとってあまりにも突飛な答えだった。

「……もしかしたら、その孤児というのは魔人同士の夫婦から生まれた子供なんじゃないか？　最終的にはシン様たちが魔人を全滅させたそうだが、赤ん坊までは手にかけられず、見逃していたとしたら……もし魔人が救世主様と同じ種族なら、その子供は救世主になれる可能性があるんじゃないか？」

ラティナは、兄の予想に衝撃を受けた。

救世主伝説は、攻撃魔法が忌避され廃れてしまったヨーデンにおいて、唯一攻撃魔法を使っても忌避されていない存在だ。

なにせ世界の（当時は別大陸に別の文明が存在していることなど知らなかった）危機を救った人物。

相討ちになってすでに存命でないのも、忌避感を持たれなかった理由だ。

そんな救世主と同じ種族を親に持つ子供がいるかもしれない。

「もし、その子供をヨーデンに迎え入れることができれば……攻撃魔法に対する忌避感もなくなる……とまではいかなくても、薄まる可能性があるかもしれない」

「た、確かに……」

攻撃魔法については、今日嫌というほど見せつけられた。

高等魔法学院の一年生だという皆の魔法でもラティナは圧倒された。

これが上級生、さらにその上位である魔法師団ともなればどれほど強力な魔法が放てるのか？

確かに、悪用されてまた世界に危機が訪れる可能性がないとは言えない。

しかし、現状魔物に対する攻撃手段が十分でないことも事実。

できれば攻撃魔法をヨーデンで復活させたい。

そのためにはヨーデンに広く深く根付いている攻撃魔法に対する忌避感を薄める必要がある。

もしかしたら、救世主と同じ種の子供がその忌避感を和らげてくれるかもしれない。

そんな未来を想像したところで、ラティナはハッと気が付いた。

その子供というのは、もしかして……。

「ねえお兄ちゃん、その子供ってシン様が養子にされたのよね？」

「ああ、シン様が引き取られ、長男として育てられたそうだ。さすがはシン様というところだろうが、子育てにも成功し、お前が今通っている高等魔法学院を首席で卒業し、大陸一の魔法士集団に就職したらしい」

ラティナは、シンとシシリーの子供たちを思い浮かべた。

シンにそっくりな黒髪のシャルロット、シシリーにそっくりな青髪の弟のショーン、そして、どちらにも似ていない銀髪の……。

「……シルバーさん……」

「ん？　なんだ、ラティナも知っていたのか？　あ、もしかして会ったのか？」

「え、ええ」

「そうか、それなら丁度いい」

兄はラティナの答えに笑みを浮かべた。

そして、丁度いいという言葉。

ラティナは嫌な予感がした。

「シルバー様をヨーデンに呼ぶにしても、この地で生まれ育っているから簡単には来てくれないかもしれない。そこでラティナ。お前、シルバー様と恋人になってヨーデンに来てもらえるように説得してくれないか？」

嫌な予感が的中した。

「む、無理だよ！　今日会ったばかりなんだよ⁉　それに……」

王女であるオクタヴィアと恋仲であるとラティナは思っている。

そんな恋人を略奪するような真似、ラティナはしたくない。

「大丈夫だって！　ラティナは、兄の贔屓目かもしれんけど女の魅力に溢れてる。お前が誘惑して靡かない男なんていないって！」

「そういう問題じゃなくて！」

「なあ、頼むよ！　ヨーデンの未来が懸かってるんだよ‼」

兄はそう言うと、両手を合わせたまま深々と頭を下げた。

正直、妹にハニートラップを仕掛けてこいと言うなんて、兄としても男としても最低だ。

だけど、さっきラティナもヨーデンで攻撃魔法が広まるかもしれないという可能性を夢見た。

見てしまった。

だから、ラティナには、兄の願いを無下に断ることなどできなかった。

それに、ラティナは一度シルベスタに心を奪われた。

オクタヴィアとの関係を見てすぐに諦めてしまったけれど……。

「……うまくいくかなんて約束できないわよ？」

もしかしたら、という願望から、つい兄の提案を了承してしまった。

「本当か⁉　ありがとう！　俺にできることならなんでもするぞ！」

「と、とりあえずお兄ちゃんは何もしないで！　私が自分でなんとかするから！」

「そ、そうか？　まあ、何かあったらなんでも相談しろよ？」

「分かってるわよ。それより、もういい？　着替えたいんだけど」

「ああ、悪い。じゃあ、頼んだぞ」

兄はそう言うと、部屋から出て行った。

扉が閉まるのを見届けたラティィナは、途端にベッドに倒れ込み、両手で顔を覆った。

「……どうしよう」

オクタヴィアからシルベスタを奪う口実ができた。

けど、そのためには今日一日あんなに親切にしてくれた王女様を裏切らないといけなくなる……。

本当にどうしようと、ベッドに寝転んだラティィナは、強い罪悪感と淡い期待がごちゃ混ぜになり、深い深い溜め息を吐いた。

◆

「う、ふふ、うふふふふ」

「気持ち悪いよ、ヴィアちゃん」

朝、教室に行くと、気持ち悪い笑い方をしているヴィアちゃんと、それを見て呆れた顔をしているアリーシャちゃんがいた。

「おはよ、アリーシャちゃん。ヴィアちゃん、どうしたの？」

「おはようございます、シャルロットさん。どうしたもこうしたも……昨夜の余韻を引き摺っているだけですわ」

「あぁ……」

昨夜、レティの元同級生に絡まれたことを心配したお兄ちゃんが、ヴィアちゃんの頭を撫でながら「こんなに可愛いんだから」と抜かしやがった。

これは！　ついにお兄ちゃんがヴィアちゃんへの愛情アピールを始めたのか⁉　と私たちはザワついたのだが……。

結局、そのあとのお兄ちゃんはいつもの対応で、ドギマギしたりも顔を赤らめたりもせず淡々とした態度を崩さなかった。

あぁ……これは、ただ客観的事実を述べただけだな、と私たちは気付いたのだが、ヴィアちゃんはあれからずっと夢の国へ行っており、お兄ちゃんのそういった態度は目に入っていない様子だった。

「うふふふふ」

「……あー、アリーシャちゃん、せっかく夢見心地でいるんだし、そっとしておいてあげよう」

「……よろしいんですの？」

王女様が、あんな気持ち悪い状態になっているのにいいのか？　という視線をアリーシャちゃんが向けてくるけど、いいじゃないか。

「少しくらい、夢を見させてあげてもいいと思うんだ……」

私は、完全な善意からそう言ったのだけど、アリーシャちゃんは溜め息を吐きながら首を横に振った。

「後から進展していないことを知るより、早めに現実を見せてあげた方がよろしいと思いますけどね」

うーん、確かに……？

え？　あれ？　ちょっと待って？

「ねえ、アリーシャちゃん」

私は内緒話をするためにアリーシャちゃんに顔を近付けた。

アリーシャちゃんも私の行動に付き合って顔を近付けてくる。

「なんですか？」

「昨日のアレ、お兄ちゃん、今まであんなことしなかったよね？」

「……そうですか？　割と日常的にやってらっしゃった記憶があるのですけど？」

「あー、子供の時は置いといて。中等学院……っていうか、私たちの身体が大きくなってきてからあんまり接触して来なくなったと思わない？」

「そう言われてみれば……確かに」

中等学院に入る頃くらいから私たち女子の身体は成長期に入り、身長だけでなく色んなところが成長し始めた。

すると、お兄ちゃんは私たち女子に接触するのを避けるようになった。

こちらから接触する分には拒絶されたりすることはなかったけど、自分からは不用意に私たちに触れようとして来なくなった。

……ということに、私とアリーシャちゃんは今更気が付いた。

「思い込みって怖いね。今まで全然気付かなかったよ」

「ですわね……というか、殿下がずっと変わらずにシルバーさんに抱き付いていたから全く疑問に思いませんでしたわ」

「そうだね。で、お兄ちゃんからってのはなかった……なのに、昨日の一件」

私がそこまで言うと、アリーシャちゃんはハッと目を見開いた。

「ま、まさか。本当に、殿下の努力が報われだしている？」

「かもしれないよね？」

私とアリーシャちゃんは、幸せそうに昨日のことを思い出してトリップしているヴィアちゃんを見た。

……まあ、うん。

王女様がしちゃいけない顔してる気がするけど、幸せそうだから良しとしよう。

「このまま、上手くいくといいね……」

「ですわね……」

今までのヴィアちゃんの努力をずっと側で見て、時には泣きながら相談されていた身としては、是非ともヴィアちゃんとお兄ちゃんにはうまくいってほしい。

そう思いながらヴィアちゃんを見ていた。

「なんの話ですか？」

「「わあっ！」」

私とアリーシャちゃんは、ヴィアちゃんの方に意識を向けていたから、背後から近付いてきていたラティナさんに気付かなかった。

「す、すみません、驚かせてしまって……」

「あ、ああ、いや！　大丈夫、大丈夫！」

「え、ええ、気になさらないでくださいませ」

驚かせてしまった私たちに対し、申し訳なさそうな顔をするラティナさん。

これは、ヴィアちゃんを見て物思いに耽っていた私たちが悪いんだから、ラティナさんが謝る必要なんてない。

「改めて、おはよう、ラティナさん」

「おはようございます」

「はい、おはようございます。それで、あの……」

気を取り直して挨拶をやり直すと、ラティナさんの視線は、絶賛(ぜっさん)トリップ中のヴィアちゃんに向けられた。

「殿下、どうされたんですか？」

「え？　ああ、大丈夫。よくある病気だから」

私が冗談めかしてそう言うと、ラティナさんは驚愕(きょうがく)に目を見開いた。

「で、殿下、ご病気なんですか⁉」

わお、冗談が通じないよ。

「あはは、違う違う、癖？　って言うか性癖？　のこと。だから大丈夫だよ」

「ああ。そうだったんですか」

そう言って、改めてヴィアちゃんを見るラティナさん。

「……殿下、ああなる癖があるんですね……」

ヴィアちゃんを見るラティナさんは、非常に残念なものを見る目をしている。

王族がいない社会からきて、物語でしか見たことがない王女様が実際はあんなだったら、そりゃ幻滅するよねえ。

ということで、とりあえずその元凶を現実世界に呼び戻そう。

「てい」

「あいた」

テコテコとヴィアちゃんに近付いた私は、ヴィアちゃんの頭にチョップをかました。

そんなに強くないけど、ヴィアちゃんを現実に引き戻すには十分だったようだ。

「せっかく良い思い出に浸っておりましたのに、なにするんですの？　シャル」

「そりゃゴメン。でも、皆教室に揃(そろ)ってきてるから、そろそろトリップするのはやめた方がいいんじゃない？」

私がそう言うと、ヴィアちゃんは周りを見回した。

するとそこには、呆れ顔で見ているマックスと、眠いのかフラフラしているレイン。

見てはいけないものを見てしまったと、顔を赤くして視線を外すハリー君とデビット君。

興味津々(きょうみしんしん)で見ているデビーとレティがいた。

そういったクラスメイトを認識したヴィアちゃんは『ポッ』と頬を赤らめた。

「まあ、オホホ。はしたないところをお見せしてしまいましたわ」

おぅ、こんな皆の前で醜態を晒していたのに、ちょっと照れるだけで何事もなかったかのように振る舞うとは……さすが王族、凄い面の皮が厚い。

おっと、そんなことより重要な案件があったんだった。

「あ、ラティナさん」

「はい？」

「例の治癒魔法の練習さ、明日からで大丈夫？　今日はママ、治療院に行く日なんだ」

「はい、シシリー先生のご都合にお任せします。私は学生ですから、基本的に時間は空いてますし」

「そう？　良かった。じゃあ明日から練習開始なんで心の準備しといてね」

「分かりました！　ありがとうございます！」

ラティナさんは治癒魔法のレッスンが受けられるのが相当嬉しいのか、満面の笑みで答えてくれた。

うーん、可愛いなあ。

だからこそ、さっきの私とアリーシャちゃんの会話の内容は教えられない。

ラティナさんがお兄ちゃんに心を奪われていたのは、手に取るように分かった。

なんせ、お兄ちゃんに恋しちゃう女の子、今までたくさん見てきたもんで。

なので、ヴィアちゃんとお兄ちゃんがまだ恋人同士ではないということは伏せておかないと、ラティナさんがお兄ちゃんにアプローチをかけちゃうかもしれない。

幸い、昨日の様子では二人は恋人同士なんだと思ってくれているようなので、あえてその誤解を解かないようにしないと。

……うーん、嘘ついて騙しているのは正直心苦しいけど、姉妹同然に育ったヴィアちゃんだから、私はヴィアちゃんに味方する。

だから、私はラティナさんの治癒魔法習得に、全力で力を貸すよ。

そうすれば、罪悪感も減るだろうから。

◆

自分の席に座り授業を受け始めたラティナだったが、正直少し授業に身が入っていなかった。

なぜなら、先ほどのシャルロットとアリーシャの会話が、実は聞こえていたから。

その言葉を信じるのなら、オクタヴィアとシルベスタは恋人同士ではないということになってしまう。

あんなにイチャイチャしていたのに？　と思うが、二人に一番近しい人物であるシャルロットが言うのである。間違いないのだろう。

「もしかして……もしかして、私にもチャンスがある？」

昨晩は、あまりに困難なミッションに心が折れかけたが、二人が恋人同士でないなら希望はある。

もしかしたら、シルベスタと共にヨーデンで生きていく道があるのかもしれないと、思わず将来の甘い夢に浸ってしまうラティナであった。

「ラティナさん。まずはラティナさんの魔力制御を見せてもらえるかしら？」

「はい！」

翌日、授業が終わり、今日は午前中だけ治療院に顔を出していたママから早速治癒魔法の手ほどきを受けるラティナさん。

とはいえ、治癒魔法を教える前にラティナさんがどれくらいの魔力制御ができるのか確認しておく必要があるので、今はそれを調べているところ。

攻撃魔法を放つわけではないので家でそれを行っている。

いつもはレティがママから治癒魔法を教わっている間は魔法練習場である荒野に行っていることが多いのだけど、今日はラティナさんの初めてのレッスンということで、皆でその様子を見守っている。

「うん。綺麗で精密な魔力制御ね」

「あ、ありがとうございます！」

「ただ……」

「？」

「今のままだと治癒魔法を最大限に活かすには魔力量が足りないので、もう少し制御できる魔力の量を増やすところから始めましょうか」

「あ……そう、なんですね」

ママからの指摘に、少し怯えたように顔を伏せるラティナさん。

「？　どうしたの？」

その様子が気になったのだろう、ママがラティナさんに声をかけた。

「いえ、その、魔力は制御に失敗すると暴走しますよね？　私たちは、それを引き起こさないよう最小限の魔力で変成魔法を使えるように訓練するんです。なので、魔力量の増加訓練はしたことがなくて……」

「ああ、なるほど、制御できる上限を超えて魔力が暴走することを恐れているのね」

「……はい、その通りです」

「それなら心配いりませんよ」

「え？」

ママの言葉に、虚を衝かれた顔をするラティナさん。

あれ？　パパから説明を受けてないのかな？

説明されたけど、意味を正しく理解できなかったのかも。

「ラティナさん。あなたが今している腕輪。ヨーデンの使者で魔法が使える人全員に配られましたよね？」

「あ、はい。これですか？」

ラティナさんは、自分の腕に装備されている腕輪をママに見せた。

「これって、魔力制御の補助をしてくれるものですよね？」

ああ、やっぱりちょっと勘違いしてるよ。

「その魔道具は魔力制御の補助をするものではありません。さっきラティナさんが言った、魔力制御の限界を超えたときに暴走するのを抑える魔道具なのです」

「ええ⁉　そ、そんな魔道具だったのですか⁉」

「はい。その魔道具が開発されたことで魔力暴走による事故はなくなり、魔法の訓練が受けられる年齢制限が引き下げられたのです」

「そうなんですね……あ、なら、この魔道具がある限り暴走の心配はせず魔力制御の上限が伸ばせるのですね！」

「ええ、その通りです。なので、暴走の心配はせず、存分に魔力制御の練習をしてください」

「はい！」

そうか、ヨーデンで放出系の魔法が廃（すた）れたのはこれも原因かもしれない。

魔力暴走を恐れるあまり、上限を引き上げることをしていないんだ。

そして、少ない魔力量でも発動する変成魔法が主流のヨーデンではそれでも問題なかったんだ。

「では、皆と一緒に練習しましょうか。シャル、行きますよ」

「はーい」

ママがゲートを開いてくれたので、私たちはママの後に続いてゲートを潜（くぐ）った。

なんでかっていうと、ラティナさん一人の魔力制御量を調べるだけなら家でも構わないんだけど、私たちは初等学院時代から魔力制御の練習をしているので結構多く魔力を集められる。

私だけじゃなくて、幼馴染みたちも同様に。

そんな私たちが何人か集まって家……というか街中で魔力制御の練習をすると、一ヶ所にとんでもない量の魔力が集まることになる。

例の腕輪があるから暴走の心配はないんだけど、そんな大きな魔力が街中に出現すると王都で魔法を使える人が驚いてしまう。

下手をすると警備隊が集まってきちゃう。

一人だったらそんなことないんだけどね。

なので私たちの魔力制御練習は、周囲に民家も何もない荒野でするのが一番良いのだ。

「す、凄い……話には聞いていましたけど、本当に転移の魔法なんですね」

ゲートから出たラティナさんは、ゲートを潜ってすぐ荒野に出たことに驚きを隠せないでいた。

「すごいでしょ？　これ、アルティメット・マジシャンズの秘匿魔法だから、私も教えてもらってないんだ」

「そうなんですか。この前シルバーさんが使っていたので、高位の魔法使いなら皆使えるのかと思っていました」

「お兄ちゃんもアルティメット・マジシャンズの団員だよ？　っていうか、教わったばっかのくせに、もう使いこなしてるとかズルいよね！」

「あはは、そこはズルいじゃなくてスゴいって言ってあげるところでは？」

「だって！　お兄ちゃんばっかり先に進んでてズルいんだもん！」

私だって魔王の称号を狙ってるのに！

最大のライバルであるお兄ちゃんは、私の一歩も二歩も先に進んでる。

これをズルいと言わずしてなんと言う‼

「お兄ちゃんのこと大好きなくせに、魔法のこととなると途端にライバル視するんですから」

ママが呆れたように言うけど、これぱっかりは譲れない！

「それとこれとは話が別だよ！　お兄ちゃんのことは大好きだけど、魔法使いとしてはライバルなんだよ！」

「え？」

「ん？」

私がお兄ちゃんのことを魔法使いのライバルとして再認識していると、なぜかラティナさんから疑問の声が上がった。

「え、あの、シャルさんとシルバーさんって血が繋がってないんですよね？　その、大好きって、その……」

ラティナさんは歯切れ悪くそんなことを言っているけど、これは私がずっと昔から言われていること。

正直ウンザリする内容だけど、ラティナさんはそんなこと知らないので説明してあげる。

「それって、恋愛感情として好きなのか？　ってこと？　お兄ちゃんって、私が生まれたときから今までずっとお兄ちゃんなんだよ？　お兄ちゃんはお兄ちゃんとしか見られないって」

私がそう言うと、ラティナさんは明らかにホッとした顔をした。

「そうだったんですね。ごめんなさい、変なことを聞いてしまって」

「あー、別にいいよ。今までお兄ちゃんを狙う女どもに散々言われてきて慣れちゃったからさ」

「……重ね重ね、ごめんなさい」

「だから、いいって」

「はいはい。おしゃべりはそのくらいにして、練習を始めますよ」

いつまでも続きそうだったラティナさんの謝罪を、ママがいい感じに切ってくれて、私たちは魔法の練習を始めた。

今日は、ここで初めて魔力制御の練習をするラティナさんのために、私たちも魔力制御の練習から始める。

これは日課としてやることをパパたちから義務付けられているんだけど、やっぱり家じゃ周りに遠慮してしまって全力が出せないから、ここに来たときは全力でやるんだ。

「ふううぅぅ」

「むぅぅうう」

「はあぁぁぁ」

一緒に来ているデビーとレティも一緒に魔力制御の練習を始める。

その集まった魔力を見て、ラティナさんが目を見開いているのが分かった。

「み、皆さん、凄いです……」

驚いているラティナさんに、ママが微笑みながら声をかけた。

「ふふ、ラティナさんもすぐあれくらいはできるようになりますよ」

「え？」

「「「え？」」」

ラティナさんだけじゃなくて、私たちまで驚いてしまい、せっかく集めた魔力が霧散してしまった。

「ちょ、ちょっとママ、どういうこと？　こう見えても私、魔法の練習を始めた十歳の時から五年間魔力制御の練習をサボったことないんだよ？」

五年かけてこれくらい集められるようになったのに、それにすぐ追いつけるなんてどういうことなのよ。

納得がいかない私に、ママはなんてことないように言った。

「ええ、確かにそうね。でも、それはラティナさんにも言えることよ？」

「……どういうこと？」

「ラティナさん。貴女も毎日魔力制御の練習をしていたのではありませんか？」

「あ、はい。それは当然です。魔力制御は毎日の日課でした」

「でしょうね。でなければ、あれほど精密な魔力制御はできない。雑なシャルよりよほど洗練された魔力制御でした。その土台があれば、制御魔力量の増加なんてすぐにできますよ」

「ざ、雑……⁉」

雑……雑だったのか、私……。

「ふっ……くっ」

「っ、デビー、笑っちゃダメだよ……」

最近、実は笑い上戸なのでは？　と疑っているデビーが必死に笑いを堪えていて、それを嗜めるレティも笑いが堪えられていない。

「シャルの魔法は、言ってみれば力押し。膨大な魔力を魔法に変換させて放つので派手で強力です。似た人で言うと、アリスさんに近いかもしれません」

「え？　アリス伯母さん？」

アリス伯母さんは、ママのお兄さんであるロイス伯父さんの奥さん。

つまり、私の伯母さんだ。

子爵夫人であるアリス伯母さんは、お淑やかで優しくて大好きなおばちゃんなのだ。

「昔はお転婆だったって聞いてたけど、本当だったんだ……」

「まあ、それも悪いことではないのですよ？　放たれる魔法の威力は十二分にありましたから。ただ、精度はそれほどではなかったのですよ」

「……パパは？」

アリス伯母さんのことは好きだし、似てると言われて悪い気はしないけど、どうせならパパに似てるって言って欲しかったな。

「パパはどんなタイプなの？」

私がそう訊ねると、ママは本当に嬉しそうな顔で語り始めた。

「パパの魔力制御は凄いですよ？　私はいまだにパパの本気の魔力制御を見たことがありません。それでも、大気や地面が震えるほどの魔力を集めることができます。それでいてラティナさんのものよりも精密な制御を行うの」

「……つまり、私とラティナさんを足した感じ？」

「タイプとしてはそうですよ。それを何十倍にもした感じね」

マジか。

「パパの本当に凄いところはそういうところです。膨大な魔力を制御しながらも、その制御は精密そのもの。だから、パパはなんでもできるのですよ？」

そう言うママは、本当にパパのことが大好きでたまらないというウットリとした顔をしていた。

……まあ、両親の仲が良いのは結構なことなんだけど、こうして目の前で蕩(とろ)けた顔をされるのは娘としては正直キツイ。

っていうか、よく子供が私たちだけで済んでるよね。

もっと多くても良さそうなのに、弟のショーン以降二人の間に子供はいない。

まだ三十代半ばだし、ショーンを産んだときにママの身体になにかあったのだろうか？

……いや、二人の間にそういう悲壮(ひそう)な雰囲気はないし、いまだに所構わずイチャイチャしてることを考えると、そういう家族計画的な道具でもあるんだろうか？

……やめよ。両親のそういうことを考えると気分が萎えてきちゃう。

「はぁ……シン君に会いたくなってきました……ふふ……今日はいっぱい甘えよう……」

……。

き、聞こえなかった！

私にはママの小声の呟(つぶや)きなんて聞こえなかったんだから!!

両親のアレなところ……もう普段の様子から簡単に想像できるけど、娘としては一番したくない想像を掻き消すように練習に没頭した。

……んだけど。

「あら？　どうしたのシャル。今日はいつもより調子が悪いわね。体調でも悪いの？」

雑念が入っているからか、いつもより魔力制御の調子が悪い私を見て、ママが近寄ってきた。

いや、ママが原因なんだよ……。

「うーん……特に身体に異常はないわね。なにか悩みでもあるの？」

私の身体を診察用の魔法で調べたママは、心配そうな顔をして私の顔を覗き込んだ。

いつも私には厳しいママだけど、基本優しいんだよね。

今も本当に心配そうな顔をして私の様子を窺っている。

「あ、いや、ほら、私の魔力制御が雑って言われたからさ、綺麗に制御してみようとしたらうまくいかなくって……」

私がそう言うと、ママは安堵の溜め息を吐いた。

「そういうことだったのね。よかった。まあ、そういう目的意識があるのは良いことですよ」

ママはそう言うと、サラッと私の頭を撫でてからラティナさんの方を向いた。

するとそこではラティナさんが目を見開いて私たちを見ていた。

「ん？　なに？」

「シ、シシリー様！　今のが治癒魔法なのですか⁉」

「いえ、今のは身体に異常がないかどうかを調べただけですよ」

「そ、そうなのですか」

ラティナさんはそう言うと、難しい顔をして俯いてしまった。

その顔が落ち込んでいるように見えたので、私は慌てて声を掛けた。

「どうしたの？　ラティナさん」

「いえ……治癒魔法でない魔法でもあれだけの魔力量がいるとなると……治癒魔法に必要な魔力量は一体どれくらいになるんだろうって思って……はぁ、道は長そうですね」

ラティナさんがそう言ったので、私とママは思わず顔を見合わせてしまった。

あー、ラティナさんは知らなくて当然か。

誤解で暗くなっているラティナさんに、私は真実を教えてあげた。

「さっきのママの魔法ってさ、実はあんまり使える人がいないんだよ」

「？　でも、身体を調べるんですよね？　そうしないと治癒魔法が使えないのでは？」

「そんなことありませんよ。私がこの魔法をシン君から教わったのはある程度治癒魔法が使えるようになってからですし」

ママの言葉で、ラティナさんはちょっと混乱したようだ。

「え、でも、治療するときって身体を調べてから治療しますよね？」

「当然そうです。この魔法を覚える前は、触診や問診で診察していたんです。これはヨーデンでも一緒では？」

「はい」

「その診察が、先ほどの魔法を使うことで短時間で正確にできるようになった。そんな魔法が簡単であるはずがありません」

「それは……はい」

「正直、この国の治癒魔法士でも、この魔法が使える人はまだ多くはありません。それほど難しい魔法なのです」

「私も、治癒魔法は使えるけどスキャンの魔法は使えないよ」

「シャルは先ほどの精密な魔力制御の練習を続けなさい。そうすればいずれ使えるようになりますよ」

「ホント⁉」

マジか⁉　いくら練習しても使えないから才能がないのかと思ってたよ。

「ええ。ですからラティナさん。先ほどの魔法は治癒魔法ではないけれど高度な魔法です。そう難しく考える必要はないんですよ」

「そうなんですね。分かりました。教えてくれてありがとうございます」

「では、引き続き魔力制御の練習を続けましょう」

「はい！」

こうして、今日はずっと魔力制御の練習に没頭した。

私も、ラティナさんみたいに精密な魔力制御ができればスキャンの魔法が使えるかもしれないと分かったので、真剣に練習した。

……上手くなってるんだろうか？

イマイチ実感がわかないまま、日が落ちてきたので今日の練習は終了になった。

「はい、今日はここまでにしましょう」

ママの合図で今日の練習は終了。

家に帰ってきた。

「ふぅ、やっぱりあそこにいくと埃っぽくなりますね。皆さん、お風呂に入って埃を落としましょうか」

「「はーい」」

私たちは返事をするとママの後についてお風呂場に向かう。

「え？　み、皆さん一緒にですか？」

ラティナさんだけは戸惑ってついてこない。

「ウチのお風呂広いから大丈夫だよ？　ほら、ラティナさんも一緒に行こ」

そう言ってラティナさんの手を引いてお風呂場に向かう。

「え？　え？　ちょ、ちょっと待ってください！」

ラティナさんが必死に叫ぶので、私は足を止めた。

「？　どうしたの？」

「ど、どうしたのって……皆さんは平気なんですか？　お風呂って、は、裸になりますよね？」

「そりゃそうだよ」

「その……恥ずかしくないんですか？」

「え？　女同士だし別に」

「そ、そうなんですか……」

これがお兄ちゃんとかショーンとかと一緒にってなると全力で拒否するけど、女同士じゃん。

なんでラティナさんが抵抗しているのか分からず首を傾げていると、ママがなにかに気付いた。

「ああ、もしかしてヨーデンには入浴の文化はありませんでしたか？」

「はい。こちらの宿舎に来てビックリしました。温かいお湯が出る魔道具なんてヨーデンにはありませんから」

「え？　じゃあ、お風呂はどうしてたの？」

「お湯を沸かして、タオルで身体を拭いていました」

「そ、そうなんだ」

「はい。なので、女性同士とはいえ裸を見せ合うのはちょっと……」

そういう文化じゃないと、同性同士でも裸を見せる、見られるっていうのは抵抗があるもんなんだなあ。

じゃあしょうがないか、と思っていたのだが、ママはニコヤカに言った。

「そうなんですね。でも、今日は一緒に入りましょう」

「え、ええ⁉」

「ママ？　ラティナさん恥ずかしがってるんだから、別々に入った方がいいんじゃない？」

「でも、ウチのお風呂と宿舎のお風呂では設備が違うから、最初は教えないといけないの。シャルも、ウチのお風呂とママの実家の温泉とで設備が違ってるの知ってるでしょ？」

「あー、今まで使ったことないとわかんないか」

「ええ。なのでラティナさん。恥ずかしいでしょうけど、今日だけは一緒に入ってもらえないかしら？　タオルで身体を隠せばいいから。ね？」

「は、はい……分かりました」

ママの説得で、ラティナさんは非常に恥ずかしそうにしながらもうなずいてくれた。

よし、じゃあ、皆でお風呂だ！

恥ずかしがるラティナさんを連れてウォルフォード家の浴室に行く。

この家はひいお爺ちゃんが王家から下賜された家で、元々浴室はあったそうなんだけど、パパと、実家が温泉街を治める貴族であるママがこだわって改修したのだそうだ。

脱衣所に入った私たちは、早速服を脱いで全裸になる。

ラティナさんだけはタオルを身体に巻いている。

「み、みなさん、本当に恥ずかしくないのですね……」

タオルを巻いていてもなお恥ずかしそうなラティナさんが、タオルが解けないようにしっかりと押さえながら私たちを見て真っ赤になっている。

「同性同士ならそのうち慣れるよ」

「そうなんでしょうか……」

「そうそう。それじゃ入ろっか」

私はラティナさんの手を引いて、浴室の扉を開けた。

「わ、わあ……すごい……」

浴室を見たラティナさんは、さっきまで恥ずかしがっていたのも忘れ、目を輝かせて歓声を上げた。

「ねー、凄いよね。私も初めて見たときおんなじ反応したもん」

「私もです」

そういえば、デビーとレティが初めてウチのお風呂に入ったときも同じように驚いていたな。

このお風呂はウチの自慢でもあるので、驚いて称賛してくれるのが本当に嬉しいんだよね。

自分が作ったんじゃないけど。

「こんなに広いと寒くなりそうなのに、常に温かいし」

「お湯も出っ放しだもんね」

そう、ウチのお風呂はお湯かけ流し。

ずっとお湯が出っ放しなのだ。

「そうなんですね……維持費、高そう……」

ラティナさんのその台詞も、デビーとレティの二人と一緒だったので、二人が苦笑してる。

思うことは同じなのね。

「それは大丈夫なんですよ、ラティナさん。主人が給湯の魔道具を改良してくれたのでこのお湯は魔道具で作られているんです。ですから、お水代も燃料代もかかっていないんですよ」

私たちのあとから入ってきたママがそう説明してくれているけど、三人には聞こえていないみたい。

皆、ママの身体に釘付けだ。

「うわぁ……シシリー様、すごい……」

「きれい……」

「聖女様……いえ、これは聖母様と言うべきでは……」

そういや、デビーとレティもママと一緒にお風呂に入るのは初めてだったっけ。

三人ともママの裸体を見てウットリと目を蕩けさせている。

ラティナさんは変なこと口走り始めた。

まあ、そう言いたくなる気持ちは分かるけどね。

ヴィアちゃんやラティナさんも女として羨(うらや)ましくなるほどプロポーションがいいけど、ママはレベルが違う。

おっぱいもお尻も大きいのにウェストはキュッて締まってるし、手足もスラッとしてる。

ホントに二人も子供を産んだ三十代の女性なの？　って、娘だけど思ってしまう。

身内でもそう思うんだから、三人が見惚れちゃうのも無理ないよ。

「ふふ、ありがとう、みなさん。ラティナさん、疑問は解消されましたか？」

「あ、はい！　魔道具だから大丈夫なんですね！」

「そういうことです。ですから、遠慮しないでジャブジャブお湯を使ってくださいね」

「はい、ありがとうございます」

ラティナさんの返事にママは機嫌よく頷いている。

まあ、実は一昔前ならこのお風呂は凄い贅沢なことだったんだけどね。

なぜなら、この魔道具には魔石が使われている。

だからずっと継続してお湯を出し続けていられるんだけど、私が生まれる前までは魔石って超貴重品でメッチャ値段が高かったらしい。

それが、パパやオーグおじさんたちのお陰で東国クワンロンから格安で魔石を輸入することができるようになって安価になり、購入しやすくなった。

なので、お風呂に魔石付きの魔道具を使うこともできるようになったそうだ。

お湯が出っ放しなので浴室内はどんなに広くても常に暖かいし、いつでもお風呂に入ることができるのだ。

いつまでも話をしていてもしょうがないので身体を洗って埃を落とし湯舟に浸かると、身体のコリが解れていくような感じがした。

「んあぁぁぁ……」

私が思わず声を漏らすと、皆がクスクスと笑った。

「ちょっとシャル、オジサンみたいだよ？」

デビーがそう言いながら湯舟に入り、私の隣に腰かけた。

するとデビーも「んー」と背伸びをしたあと身体の力を抜いてグッタリした。

「あー、気持ちいい」

「ねー」

「あら？　今日はそんなに疲れたの？」

私たち二人が揃ってグッタリしていると、ママが湯舟に入ってきた。

「んー、今日はいつもより集中したからかなぁ……ちょっと疲れたっぽい」

「私もです」

今日の魔力制御の練習は、扱える魔力の量を増やすことより扱っている魔力を精密に制御することに意識を向けた。

その結果、いつもより集中力を使って疲れたみたい。

「あら、そうなのね。それはいいことだわ」

「なんで？」

「まだまだ貴女たちには伸びしろがあるということよ。成長する余地(よち)があるということなのだから、これからも頑張って練習しなさいね」

「はーい」

そっか、疲れるってことはまだ習得できてないってことだから、それは成長の余地、伸びしろってことになるのか。

上達してるんだかどうだか分かんなかったけど、やってることは無駄じゃなかったってことだね。

「だって。頑張ろうね、デビー」

「え？　あ、うん」

そう言うデビーの顔はちょっと赤かった。

「？　どうしたの？　のぼせた？」

「え？　あ、いや……」

デビーは言葉を濁すと、私に耳打ちしてきた。

「……シシリー様の胸、赤くなってない？」

「え？」

デビーの言葉でママの胸のあたりに赤い点のようなものがあるのに気付いた。

「あれ？　ママ、ここ虫に刺された？」

「ちょっ！」

「え？」

私が指摘したことで、なんでかデビーが慌てた声をあげた。

なんで？　と思っていると、私の指摘を受けて自分の胸を確認したママの顔がどんどん赤くなっていった。

「あ！　こ、これは！」

「だいじょーぶ？　痒くない？」

「だ、大丈夫ですよ！　そ、それじゃあママは先に上がりますから、皆ゆっくりしてらっしゃいね！」

真っ赤になったママは、湯舟から上がり、そのまま浴室から出て行ってしまった。

「ママ、どうしたんだろ？」

私が首を傾げると、デビーだけじゃなくてレティとラティナさんの顔も赤くなっていた。

「え、シャル、アンタ、気付かなかったの？」

「なにが？」

「シシリー様のあれ……多分、キスマークですよ……」

レティの言葉で、私の頭は一瞬真っ白になった。

「……は!?」

「わ、私も、多分そうだと思いました……」

ラティナさんまで恥ずかしそうにそう言ってくる。

え、ちょっと待って。

と、いうことは、アレはパパとママが昨夜……。

「マ、ママーっ⁉」

娘とその友達になんてもの見せてくれてんのよおっ‼

お陰で変な空気になっちゃったじゃない！

いたたまれなくなった私たちは、結局すぐにお風呂から出た。

着替えを済ませ、ママに文句を言ってやろうと勢い込んでリビングに入ると、そこには仕事から帰ってきたのかお兄ちゃんがいた。

「お、ただいま、シャル」

「おかえり、お兄ちゃん。ママは？」

「母さんなら、厨房(ちゅうぼう)の様子を見てくるって言ってたけど」

「……ママめ、逃げたな」

「なんの話？」

「……私らにはキツイ話」

「なにそれ？」

「……パパとママがいつもイチャイチャしてるって話」

「……ゴメン、聞かなかったことにして」

「おっけ」

私と同じように両親のイチャイチャしている姿に悩まされているお兄ちゃんは、それ以上の追及をやめてくれた。

いやね、両親の仲がいいのは非常によろしいのですよ？

ただ、目の前ですんなって話で。

そういう痕跡も見せんなって話で。

はぁ……やっぱママに文句言うのもやめとこ。

結局パパとの惚気話を聞かされる羽目になりそうだし。

「あれ？　シャル、もうお風呂入ったの？」

「え？　ああ、今日は荒野行ったからね。埃っぽくなっちゃってさ」

「はは。それですぐお風呂入るとか、シャルも女の子だね」

「お風呂入んなくても女の子だよ！　もう！」

「ははは、ゴメンゴメン」

お兄ちゃんは謝りながら私の頭を撫でてくれた。

こういう、私が拗ねちゃったときとかは頭を撫でて慰めたりしてくれるんだよね。

そういうとき以外では滅多に触れてこなくなったけど。

「あ、シルバーさん。お帰りなさい」

「お帰りなさい」

お兄ちゃんに頭を撫でられていると、デビーとレティもリビングに入ってきた。

「ただいま、デボラさん、マーガレットさん。シャルと一緒にお風呂入ってたの？」

「はい。もう一人いますけどね」

「もう一人？」

「はい。この間来たラティナって覚えてますか？」

「ああ、ヨーデンからの留学生だよね」

「その子と一緒に……ちょっとラティナ、なに恥ずかしがってんのよ？」

デビーはすでにラティナさんのことを呼び捨てにしている。

距離を詰めるのがはえーよ。

「あ、お、お邪魔してます……」

デビーに引きずられるようにリビングに入ってきたラティナさんは、お風呂上がりということもあってかほんのり上気しており非情に妖艶な雰囲気を醸し出していた。

……。

え、これ、男の人に見せてもいいの？

メッチャ、エロくない⁉

ここにはお兄ちゃんがいるんだよ⁉

そう思って恐る恐るお兄ちゃんを見ると、お兄ちゃんはいつも通りの表情だった。

「ああ、いらっしゃい、ラティナさん。もしかして、今日から治癒魔法の練習？」

「あ、は、はい！　そうです！」

「へえ、頑張ってね」

「は、はい！　ありがとうございます！」

「じゃあ、僕は着替えてくるから。三人ともゆっくりしていって」

お兄ちゃんはそう言うと、自分の部屋に着替えに行った。

「いやあ、相変わらずシルバーさん格好いいねえ」

「本当ですね」

「ん？　なにデビー。先生からお兄ちゃんに鞍替え（くらがえ）するの？」

「は、はあっ⁉　にゃにゃにゃ、にゃあっ⁉」

猫か？

なんか急に「にゃ」しか言わなくなった。

「にゃ、にゃに言ってんの⁉　べ、別にせせせ、先生とか⁉」

「へえ、なんでもないんだ？」

「そうなんだー」

真っ赤になって否定するデビーが可愛くて、私とレティがニヤニヤしながらからかうと、デビーは真っ赤なまま俯いた。

「なんでも……なくない……」

そう言うデビーが可愛くて、私たちは更にニヤニヤしてしまった。

「え？　え？　デビーさんって、先生が好きなんですか？」

「う……あの……一応内緒にしておいてもらえると……」

「もちろん！　で、どの先生なんですか？」

おお、ラティナさんもグイグイくるね。

やっぱり、そういう話題が好きなお年頃ですか？

「そりゃあねえ」

「担任のミーニョ先生だよねえ？」

「……」

レティにズバリ指摘されたデビーは、真っ赤な顔を両手で覆ってしまった。

「わあ！　そうなんですね！　先生と生徒……禁断の恋ですね！」

……禁断の恋なのに、なんでそんなに嬉しそうなんだろうか？

「うう……だから、どうしていいのか分かんないのよ……」

涙目になって私たちに縋るような視線を送ってくるけど、残念ながら私たちはそういうことに関しては戦力外だ。

「うーん、アドバイスしてあげたいけど……」

「私たちも恋愛経験値ゼロだからねえ……」

「え？　そうなんですか？」

デビーの恋愛相談には乗ってあげたいけど、そもそも恋愛経験値がゼロな私たちでは的確なアドバイスはしてあげられない。

するとラティナさんは、すごく不思議そうな顔をして私たちを見ていた。

「シャルさんもレティさんも可愛いのに……そういう経験はないんですか？」

う、痛いところを突いてくるなあ……。

「まあ、中等学院時代とか、告白されたことはあるよ？」

「「そうなの⁉」」

「そうなんですか⁉」

デビーとレティは心底驚いたという顔で、ラティナさんはキラキラと目を輝かせてそう叫んだ。

っていうか、デビーとレティは非道(ひど)いな！

「でもさあ、名前も知らない、顔も見たことない人から「好きです」って言われてもさ、誰？　ってなるじゃん」

「「うんうん」」

「翻(ひるがえ)って向こうはこっちのことどれだけ知ってんの？　って感じでさ。そうなると、私のどこを好きになったの？　って聞きたいのよ」

私がそう言うと、デビーは「あー」って顔をした。

「そういえば、殿下がシャルは中等学院のころから問題ばっか起こしてたって言ってたわね」

「そんな問題ばっか起こしてねーわ！　……まあ、それはともかく、そんな私によ？　どういう想いで告白してきたの？　って考えると、やっぱ私じゃなくて周りが好きなんじゃないの？　って思う訳よ」

「……そうね。ウォルフォード家のお嬢さんで、殿下(でんか)の幼馴染みで親友。シャルとお付き合いができれば、そういうのも全部手に入りますからね」

私が言いたいことをレティが察してくれた。

「結局さあ、私のことなんか好きじゃないいんだよ。実際断ったら「なんで断るんだ！」ってキレて襲ってきた奴いたし」

「はあっ⁉　そんな奴いんの⁉」

「許せませんね！」

デビーとレティは怒ってくれるけど、ラティナさんは冷静だった。

「シャルさんに襲いかかるなんて……その人は無事だったんですか？」

「……あ」

「思いっきりぶっ飛ばしてやった。あと、パパにも告げ口して、ソイツの家との取引材料にしてもらった」

「「うわ……」」

私が通ってたのは貴族と裕福な平民が通う中等学院だからね。

生徒の親は貴族だったり大きな商会の子供とかだったから、パパに頼んで制裁をしてもらった。

たとえ返り討ちにあったとしても、女に手をあげる奴なんて許せないから！

「まあ、そんなわけで、ウォルフォード家令嬢のシャルロットさんは何回か告白はされたことがあるのでした」

私がそう言って締めくくると、三人は微妙な顔をしていた。

「私よりレティは？」

「はぇっ⁉」

この微妙な空気をなんとかしようと、もう一人の恋愛経験値ゼロ女に話題を振ったら、素っ頓狂な声をあげた。

「わ、私は、一回も告白なんてされたことないです……」

「えー？　嘘だあ。レティ、こんなに可愛いのに？」

「これはあれね。大人しい男子にモテてた口ね。大人しいから告白なんてできなかったのよ」

「ふえ⁉」

デビーの指摘に、また素っ頓狂な声をあげるレティ。

もしかして、今までモテてたかもしれないの気付いてなかったな？

「あ、もしかしたら、この前絡んできた人たちも、レティさんがモテるのを知っていたから嫉妬してたんじゃないでしょうか？」

「ああ！　それはあるかも‼」

「そうなの⁉」

でないと、あんなに敵意むき出しにはしないよねえ。

もしかしたら、あの子たちの好きな男の子がレティのこと好きだったのかも。

そんな話をしてキャッキャしてると、着替えを終えたお兄ちゃんがリビングに入ってきた。

「あれ？　なんの話をしてるの？」

「えー、恋バナ」

「え？」

うーん、自分で言っといてなんだけど、これ恋バナか？

……まあ、いいか。

「シャルが恋バナって……え、ホントに？」

お兄ちゃんの顔は、驚いているというより懐疑的だった。

「なんで疑ってんのよ？　違うけど」

「あ、やっぱり？」

「私じゃなくてレティのよ」

「ちょっ⁉　なに言ってんのシャル⁉」

レティが抗議の声を上げるが、お兄ちゃんは妙に納得した顔だった。

「あー、マーガレットさんなら納得だね。モテたでしょ？」

「じぇ、じぇんじぇんでしゅ‼」

「ちょっとレティ。舌どうなってんの？」

嚙みすぎでしょ。

「え？　そうなの？　意外だね」

「えっと、その……シルバーさんは、私がモテないことが意外、なんでしょうか？」

おっと、その上目遣いはどうなのよ、レティ。

あざとくない？

でも、まあ……他の男たちならイチコロでやられそうな庇護欲を掻き立てるレティの上目遣いも、お兄ちゃんには効かないんだけどね……。

「そうだね。マーガレットさん可愛らしいから、モテてたと思うんだけどな」

「きゃ、きゃわ……」

逆にカウンター喰らってるわ。

「あ、そうか。男の子たち、照れちゃって告白できなかったのかな？」

「あ、それ、私たちも同じ結論になったんですよ」

お兄ちゃんはごく自然に私たちの会話に加わり、その後もデビーの恋愛相談とか私にはいつ彼氏ができるのか？　そもそもそんな男がいるのか？　などの余計なお世話だと言いたくなる話をしていたのだけど、ふとラティナさんがお兄ちゃんに踏み込んだ質問をした。

「あ、あの。シルバーさんは、その、こ、恋人とかいらっしゃらないのでしょうか？」

その質問に、リビングに静寂が訪れた。

私たちは妙な緊張感を抱いていたのだが、お兄ちゃんはラティナさんの質問に笑みを浮かべて答えた。

「今は仕事に慣れることで精一杯だからね。未熟者の自分が恋愛なんてしている暇はないかな」

私は、お兄ちゃんの本心が聞けてちょっと安心した。

もう誰かと付き合っているとか、誰とも付き合うつもりはないとか言われたらどうしようかと思っていたから。

踏み込んだ質問にお兄ちゃんが答えてくれたからか、デビーがさらに追加の質問をした。

「じゃあ、学生時代とかどうだったんですか？　シルバーさん、モテたでしょう？」

「はは。そんなことないよ？　実際、学生時代にも恋人はいなかった。だから、年齢イコール恋人いない歴継続中さ」

私は知っていたけど、デビーたち三人には衝撃だったようで驚いて目を見開いている。

「一人も⁉　一人もいなかったんですか⁉」

「そうだよ。はは、恥ずかしいね」

「うそ……絶対告白とか一杯されてると思ったのに……」

レティの言葉に、お兄ちゃんは恥ずかしそうに頭を掻いた。

「あー、一応言い訳しておくと、僕は学生時代いつも三人で行動していたんだけど、僕以外の二人が幼いころからの恋人同士でね。二人とも貴族だったから、そんな人たちと一緒にいた僕には近寄りがたかったんだと信じてるよ」

お兄ちゃんは「たはは」といった感じで頭を掻いた。

その二人なら知ってる。初等学院時代からのお兄ちゃんの親友で侯爵令息（こうしゃくれいそく）のアレンお兄さんと、伯爵令嬢（はくしゃくれいじょう）のクレスタお姉さんだ。

二人はいつも一緒でラブラブだった。

そんな二人が一緒にいることを許していた……というか二人が懐（なつ）いていたのがお兄ちゃんだ。

そんな二人も高等魔法学院を卒業すると同時に結婚した。

私たち家族も招待された結婚式は、ほんの少し前のことなので鮮明に覚えている。

クレスタお姉さん、幸せそうだったなあ……。

「そ、それじゃあ……」

「あ、もうこんな時間だね。皆、そろそろ帰った方がいいよ。遅くなると親御さんや宿舎の責任者が心配するからね」

なおも質問をしようとしたラティナさんの言葉に被せるように、お兄ちゃんが皆に帰宅するように促した。

「あ、ホントだ。もうこんな時間！」

「そ、そうですね！」

お兄ちゃんに言われてようやく時計を確認したのか、三人が慌てて帰り支度を始めた。

「それじゃあ気を付けて。遅くまで引き留めてしまってゴメンね」

「じゃあ、また明日ね！」

私たちはそう言って、ウチの車で送られていく三人を見送った。

「はぁ、私もゲートの魔法を覚えられたら三人とも送っていくのに」

「シャルにゲートの魔法か……今は怖くて教えられないな」

「どういう意味⁉」

「そういう意味。シャルがそんなの覚えたらどこに行くか分かんないでしょ？」

「……そんなことは……」

「言い淀んでる時点で駄目だよ」

「むぅ！　じゃあお兄ちゃんが送ってあげればいいじゃない！」

「男の僕が年頃のお嬢さんを？　変な噂が立つよ」

それもそうか。

ある日突然、超イケメンに送られてきたと保護者が知ったら変な誤解をしそうだ。

「ママは……」

「向こうが卒倒するよ」

ある日突然聖女様が娘を送ってきた……親御さんがひれ伏すな。

「面倒だけど、車で送るのが一番無難だね」

「ぶー」

「あはは。ゲートを覚えるならアルティメット・マジシャンズに入らないとね」

お兄ちゃんは、私の頭を撫でながらリビングに戻っていった。

「すぐに入るよ！」

「学院卒業してからね」

「ぶ——!!」

もー、お兄ちゃんめ!!

◆

「はぁ……」

ウォルフォード家の車で留学生宿舎に送ってもらったラティナは、自室に戻るとベッドに横たわり溜め息を吐いた。

「なんか……シャルさんの家から帰ってきたら、いっつも溜め息吐いてる気がする……」

今日で二回目だが、前回も今回も部屋に帰るなり溜め息を吐いたのは事実である。

「それにしても……やっぱりシルバーさんと殿下って付き合ってなかったのかあ」

学院でのシャルたちの会話からそうだろうとは気付いていたが、本人の口から直接聞けたのは予期せぬ収穫だった。

しかし……。

「今は誰とも付き合うつもりはない……か」

恋人がいないだけでなく、恋人を作るつもりはないとも本人の口から聞いてしまった。

「……どうしよ」

ラティナはそう言って手で顔を覆った。

今、ラティナがアールスハイド高等魔法学院にいるのは留学のため。

期間限定なのだ。

シルベスタは「今は」と言った。

つまり、いつかは恋人を作る意思があるということだ。

しかし、ラティナはシルベスタがその気になるまでここにいられるかどうか分からない。

それに、お風呂上がりの女子が四人（うち一人は妹だが）いたのに、シルベスタは一切情欲を浮かべた目でラティナたちを見なかった。

つまり、今のところラティナはシルベスタにとっての恋愛対象外ということ。

ここからどう攻めて行けばいいのか、正直分からなかった。

やっぱりやめようかな？

どうせ兄妹間でだけ話していたことだし、今諦めた方が自分へのダメージも小さくて済む。

……でもなぁ。

ラティナがベッドの上でのたうち回りながら悩んでいると、前回と同じく部屋の扉がノックされた。

「はい？」

「ラティナ、俺だ。今大丈夫か？」

「お兄ちゃん？　大丈夫だよ」

これまた前回と同じく兄がラティナの部屋を訪ねてきた。

着替え中でもないし、兄の入室を拒む理由のなかったラティナは兄を部屋に迎え入れた。

「ラティナ、今日が初めての治癒魔法の練習だったんだろ？　どうだった⁉」

部屋に入ってくるなり、兄は若干（じゃっかん）興奮気味にラティナに詰め寄った。

「ちょ、ちょっとお兄ちゃん。近い！」

「ああ、悪い。それで？　どうだったんだ？」

ラティナの抗議を受けて少し離れた兄だったが、その興奮は治まらず、ラティナに質問を繰り返した。

「どうもなにも、今日は治癒魔法に必要な魔力制御の練習をしただけだよ」

ラティナの言葉に、兄は首を傾げた。

「今更？　ラティナの魔力制御はヨーデンの学生の中では最上位の実力じゃないか。それでもダメなのか？」

兄の率直な疑問を受けて、ラティナは今日教わったことを兄に話した。

「なんか、魔力の制御が丁寧で綺麗だとは褒められたんだけど、治癒魔法を発動するには根本的に魔力量が足りないんだって」

そう伝えられた兄は、少し眉を顰めた。

「魔力量が足りないって……それって魔力量を増やすってことか？　危ないじゃないか」

自分と同じ感想を持った兄に、ラティナは苦笑した。

兄も、ちゃんと説明を理解していなかったのだと。

なのでラティナは、自分の腕に装着されている腕輪を兄に向かって掲げてみせた。

「これ、この国に来たときに渡された腕輪。この大陸にいる魔法使いは全員着けることが義務付けられてるって言われたやつ。これってなんの腕輪か知ってる？」

「なにって、説明受けたよ。魔力制御の補助をしてくれる腕輪だろ？　凄いよな」

やっぱり兄も自分と同じ認識なんだなとラティナは納得した。

確かに、兄の言う効果でも凄い魔道具だ。

そんな魔道具、ヨーデンでは見たことも聞いたこともない。

だが、これはもっとレベルが違う。

「これってさ、魔力制御の補助じゃなくて、暴走しそうになった魔力を暴走しないように治めてしまう魔道具なんだって。だから、限界値まで魔力を集めても決して魔力暴走はしないそうよ」

ラティナがそう言うと、兄は自分の腕にも装着されている腕輪を呆然とした表情で見つめた。

「え？　は？　そ、そんな魔道具が存在するのか？」

「実際存在してるじゃない」

「いや、まあ、そうなんだが……え？　そんな魔道具を無償でくれたのか？」

「あー、全魔法使いに装着義務があるって話だし、この国では大した魔道具じゃないのかも？」

ラティナのその認識は実は間違っていて、この腕輪はシンが試行錯誤の末に開発したものであり、他の誰にも作れなかったもの。

開発者であるシンが利権を放棄し、魔力暴走による新たな魔人の発生を抑えることを優先した結果、材料費だけの負担で済んだので国が全魔法使いに配布したのだ。

もしこれに利権が絡んでくれれば、一個あたり相当な金額になり、全魔法使いへの配布はできなかっただろう。

これは、シンがお金には困っておらず、むしろ社会に還元したいと思っていたからこそ実現したことなのだが、そういった経緯を知らないラティナは、この魔道具はアールスハイドではありふれたものなのだと認識してしまったのだった。

「そうか……このレベルの魔道具がありふれたものだなんて、やはりアールスハイドの技術力は凄いな。こんな国と友好的な関係が築けそうだなんて、我が国は幸運だ」

「友好的な関係か……ねえお兄ちゃん、シルバーさんを籠絡してヨーデンに来てもらうって話、やっぱりやめにしない？」

今日の一件ですっかり自信をなくしていたラティナは、先日兄と話していたことについて、やっぱり止めようと持ちかけたのだが、兄は気まずそうな顔をして視線を逸らしてしまった。

「え？　なに？」

兄の態度が気になったが、すぐに視線を戻して話し出したので気に留めなかった。

「実は、本国に救世主様とシルバー様の関係を話した」

「そうなんだ。でも、裏付けも確証もないのに大丈夫？」

「それは本国も理解している。憶測だけでもずいぶん興奮していた」

「へえ」

「それでな……」

「ん？」

また視線を逸らした。

そして、今度は視線を逸らしたまま、気まずそうに話し出した。

「……お前がシルバー様と恋仲になればヨーデンへ連れて帰れるかもしれないって話してしまった」

「……は？」

「スマン！　絶対成功しろとは言わない。だが、もう止めることはできなくなってしまった」

「……」

さっきまでは『もしそうなったらいいよね』くらいの話だったはずである。

やってみて、難しそうなのでやめよう、で済んだ話だった、はずだ。

それが、国に話してしまい、国が乗り気になってしまったら、それは兄妹間での話ではなく、国家戦略になってしまう。

つまり、成功すればいいが失敗すれば失望と共に無能の烙印(らくいん)を押されてしまうということに他ならない。

なぜ、自分から追い込まれるようなことをするのか。

怒りが頂点に達したラティナは、ついに叫んでしまった。

「なんてことしてくれてんのよ⁉　シルバーさんに全く脈がないからやっぱりやめようって思ってたのに‼」

ラティナの叫びを聞いた兄は、驚いて目を見開いていた。

「ラティナに全く靡かない⁉　え？　だって、お前、ヨーデンじゃモテモテだったじゃないか！」

「シルバーさんは、本国にいた低俗な男どもとは違うのよ！　お美しい聖女様に育てられて、誰が見ても超美少女な王女様から熱烈アプローチを受けてるのよ⁉　私なんて歯牙(しが)にもかけられてないのよ‼」

兄は、ラティナが同年代の男子によくモテているのを知っていた。

今まで何人もの男子から言い寄られているラティナが自分からアプローチすれば、シルバーもすぐにラティナに好意を持つだろうと思っていた。

それが、歯牙にもかけられていない。

その事実をすぐには受け入れられなかった。

「え？　まさか、そんな……」

　信じられないといった顔をしている兄を見て溜め息を吐いたラティナは、ガックリと肩を落としながら話し出した。

「本当よ。どんなに話しかけても、シルバーさんから向けられる視線は、あくまで妹の友達に対するものだったわ。視線も、一度も胸やお尻には向かなかった」

「……え？　シルバー様って男の方が……？」

「多分違うと思う。それ、すごく失礼だから他では絶対言わないでよ」

「あ、ああ」

「もうやめようって思ってたのに……」

「……スマン。どうしよう？　本国には、シルバー様にはすでにお相手がいたってことにしようか？」

　兄からの提案に、ラティナは少し考えた。

　シルベスタが現在フリーなのは間違いない。

　恋人を作らないのは事情があるようだった。

　なら、今なら、まだチャンスはあるのではないだろうか？

「待って。本国には、シルバーさんは今のところ恋人を作るつもりがなくて難しい作戦になるってだけ伝えておいて。そうすれば、成功すれば御の字、失敗して当然の作戦になるから」

「そ、そうだな。明日にでもそう伝えるよ」

「一応……もう少し頑張ってみるよ」

諦めようかと思ったけど、シルベスタに恋人がいるから無理ですという報告をしようかと兄に言われたとき、ラティナの胸は締め付けられた。

こんなに好きになってしまっていたのかと、自分で驚いた。

そして、諦めてしまうことの方が辛いことに思えた。

駄目かもしれない。

でも、駄目じゃないかもしれない。

なら、最後まで足掻(あが)いてみよう。

そう考え直したラティナは、萎(な)えかけていた心に再度鞭(むち)を入れ、奮(ふる)い立(た)たせた。

◆

ラティナさんが治癒魔法の練習をしに家に来た翌日、朝から艶々(つやつや)していたママを見て、昨晩ナニがあったのかとゲンナリしながら登校すると、ヴィアちゃんが嬉しそうな顔で話しかけてきた。

「シャル、あの話、お父様にお話ししましたわ！」

「あの話？」

なんのことだろう？

おじさんに話すことなんてあったっけ？

「もう忘れてしまいましたの？　カカオの件ですわ！」

「ああ‼　カカオ‼」

そうだ！　そうだった！

「話してくれたんだ！　で？　で？　どうなったの⁉」

ようやく思い出した私が問い返すと、ヴィアちゃんはドヤ顔をしながら答えてくれた。

「早速ヨーデンの方にお話をしてくれましたわ。ヨーデンの方でも私たちが喜ぶ特産品があったことを喜ばれまして、早速大量の輸入ができるように取り計らっていただきましたわ！」

「おおー‼　凄い‼　さすがヴィアちゃん！　仕事が早い！」

「ふふん」

私が褒めると、ヴィアちゃんは胸を張って、ますますドヤ顔を見せた。

それにしても、王女様って立場は凄いね。

国のトップである王様まで話が直通だもん。

あっという間にカカオ輸入の話がまとまってしまった。

「はあ、これでチョコが手軽に手に入るのかぁ」

高価で、お小遣いをもらってすぐか魔物を狩ってきたときくらいしか口にすることができなかったチョコ。

それが、いつでも好きな時に……！

「うへへ」

「おはようござ……シャルさん、どうしたんですか？」

私が幸せな未来を想像していると、登校してきたラティナさんに声をかけられた。

「ラティナさん!!」

「は、はい？」

「ありがとう!!」

「え？」

「ラティナさんが話をしてくれたおかげで、カカオが大量に手に入ることになったよ！」

この話をもたらしてくれたラティナさんには感謝しかない。

ラティナさんの両手を握ってお礼を伝えると、最初は驚いていたラティナさんは話が理解できたのか、驚き顔からすぐに笑顔に変わった。

「いえ。ヨーデンとしても、皆様のお役に立てる特産品があったことは喜ばしいことですわ。私たちだけ技術を供与されるのは心苦しいと皆言っていましたので」

「ええ？　でも、変成魔法を教えてくれるんだよね？」

「あんなの、皆様から与えられる技術に比べたらなんでもありませんわ。使節団の皆は与えられる恩恵に対して対価が釣り合っていないと常々悩んでいたのです」

そう言うラティナさんは、本当に申し訳なさそうな顔をしておりヨーデンの使節団が悩んでいたことが窺えた。

「まあ、そうでしたのね。ですが、このカカオの取引だけでも十分に対価として釣り合いますわ。まだ為替レートも決まっていないのに随分と融通を利かせていただいたそうで」

ヴィアちゃんがそう言うと、ラティナさんはちょっと困った顔をした。

「そうなんですか？　すみません。交易品のやり取りに関しては私たち学生には全く話が来てませんので。昨日も、兄からそんな話があったとは聞いていませんでした」

そりゃそうか。

交易品のやり取りなんて、国の上層部がやるような取引だよ。

そんな話を学生にはしないか。

「そういえば、ラティナさんってお兄さんが使節団にいるんだよね。昨日も話をしたなんて仲が良いんだね」

途中から話に参加したデビーがそう言うと、ラティナさんはちょっと視線を泳がせた。ん？　なんだろ？

「え、ええっと。そうですね。昨日は、初めて治癒魔法の訓練を行ったので、その進捗を確かめに来たんです」

「ああ、なるほど。治癒魔法の習得は、ヨーデンにとっちゃ悲願だもんね」

「ええ。兄も気になるようで、向こうから訪ねてきました。同じ使節団の宿舎にいても、普段はそんなに交流はないんですよ」

「え？　そうなの？」

同じ使節団にお兄ちゃんがいるのに？

「私だったら、遠い異国の地でお兄ちゃんがいるなら、ずっと一緒にいる気がするなあ」

私がそう言うと、これまた途中から話に加わってきたレティが苦笑していた。

「まあ、シャルとシルバーさんならそうでしょうね。私は、ラティナさんに同意しますね。わざわざ弟とそんな交流はしないですよ」

「え、そうなの？」

「シルバーさん、優しいからなあ。付き合いの短い私たちでも分かるくらいだし、シャルとか殿下とか大分甘やかされたんじゃないですか？」

あ、デビー、それは言っちゃ……。

「そう！　そうなのです！　シルバーお兄様は本当にお優しいのです！　幼い頃から、私が困っていたり寂しがっていたりすると、さりげなく手を差し伸べてくれるのです！　その手の温かさと言ったらもう‼」

「ヴィアちゃん、ヴィアちゃん、皆ドン引きしてるから、ちょっと落ち着いて」

「はっ！　すみません、取り乱しましたわ」

お兄ちゃんのことになると途端にスイッチ入るな。

まあ、気持ちは分からんでもないけど。

「私もさ、お兄ちゃんが特別なんだってのは分かるよ。今までも同級生の中にもお兄ちゃんがいる子がいたけど、大抵優しくしてもらった記憶なんてないって。乱暴で横柄(おうへい)だから嫌いって子も多かったし」

私がそう言うと、ラティナさんが深く頷いた。

「ウチも大体そんな感じですね。特別好きとか感じたことないです」

「そんなもんかあ」

「逆に、なんでシルバーさんってあんなに優しいの？」

デビーの質問に、私とヴィアちゃんは顔を見合わせた。

「そりゃ、面倒見ないといけない弟と妹が多かったからじゃない？」

「ですわねえ。正直、幼少期のことを思い出すと、嬉しく思うことも多いですが申し訳ないと思うことも多いと思いますわ」

　私たちがそう言うと、ラティナさんたち三人は首を傾げた。

「確かに、シャルさんたち四人の面倒を見ていたのは多いと思いますけど……」

　ラティナさんが、男子と話しているマックスとレインを見ながらそう言うと、二人も視線に気付きこちらにやってきた。

「ん？　なんの話？」

「お兄ちゃんが優しいのは、昔から私らの子守をしてたからじゃないかって話」

　こっちに寄ってきたマックスにそう話すと、マックスは「ああ」と納得した顔をした。

「確かに、シルバー兄は昔から面倒見が良かったよな。あんなに人数いたのに」

「「「え？」」」

　マックスの言葉に、ますます首を傾げる三人。

　まあ、知らないよね。教えてないもの。

「シルバー兄が面倒見てたのは俺らだけじゃない。俺らの三つ下にあと八人チビがいた」

「「「八人⁉」」」

　レインの言葉に、三人は言葉を揃えて驚愕（きょうがく）していた。

　そう、私の弟に従兄弟、ヴィアちゃんの弟にマックスの妹。他にパパたちの仲間の子供を入れたらそんなにいるのだ。

「そうそう、よく面倒見てたよね、お兄ちゃん」

「しかも、全員がシルバーお兄様大好きですもの。毎回お兄様の取り合いになっていましたわ」

「……改めて考えたら、シルバー兄よく俺らに付き合ってくれたよな。俺だったら絶対嫌だわ」

「俺も」

改めて思い返すと、私らお兄ちゃんに迷惑しかかけてない気がする。

そんな状況で、よくあんな優しいお兄ちゃんが出来上がったもんだ。

「つまり、シルバーお兄様は人間的に素晴らしいということですわ‼」

……なんかヴィアちゃんがまとめちゃったけど、結局はそういうことなんだろうな。

「はぁ、それってつまり、シン様とシシリー様の育て方が良かったってこと？」

デビーの言葉に、私は首を傾げる。

「んー、どうなんだろ？　ママが言うにはお兄ちゃんを育てる上で苦労をかけられた記憶がないって」

「むしろ苦労はシャルがかけていましたわね」

ヴィアちゃんが苦笑しながらそう言うと、デビーが「ああ！」と凄く納得した顔をした。

「面倒ばっかり起こすシャルがいたから、シルバーさんは面倒を見ないといけなかったんだ！　だから優しくなったんじゃない⁉」

「はあっ⁉　なによそれ⁉」

そんなわけないじゃん！

お兄ちゃんが優しいのはそういう人だから！

私が原因なんかじゃない！

そう思っていたのに、周りは皆私を見て深く頷いていた。

「「「確かに」」」

幼なじみズに加えてレティに、いつの間にかいたアリーシャちゃんまで頷いている。

「あ、あはは……」

付き合いの短いラティナさんだけは苦笑していたけど、否定しないってことは内心ではそう思ってるってことか……。

「まあ、本当かどうか分かりませんから、直接本人に聞いてみましょう。シャル、今日はお家に伺いますわね」

「別に良いけど、夜までいんの？」

「シルバーお兄様にお話を伺わなければいけませんので当然ですわ‼」

ヴィアちゃんは力強くそう言うけど、それってただお兄ちゃんに会いたいからってだけじゃね？

ジト目でヴィアちゃんを見ていると、ヴィアちゃんはニッコリと微笑んで言った。

「昨日は私のいないところで交流を図ったようですので……今日は私の番ですわ」

ニッコリ笑っているはずなのに、ヴィアちゃんの笑顔がとても黒かった。

王族の黒い笑み。

超怖いです。


今日はヴィアちゃんが家に来る。

って言うか、しょっちゅう来てるから今更改めて言うことでもない。

で、今日はママがいないからラティナさんとレティの治癒魔法の訓練もない。

ヴィアちゃんの目的はお兄ちゃんとの交流なので、まっすぐ家に帰ってもお兄ちゃんが帰ってくるまで時間を潰さないといけない。

「ん、じゃあ良い時間になるまで遊んどこっか」

ママとの治癒魔法の訓練がないからってラティナさんを放課後に放置しておくのはありえない。

なのでラティナさんとも遊びたいんだけど、どこがいいかな？

「ですわね。どこに行きましょうか？」

「クレープ屋はこないだ行ったし、続けて行くには手持ちが……」

ここ最近はラティナさんのお世話とかあって魔物狩りにも行けていないので、私の軍資金はお小遣いのみ。

それもこの前セールしていたとはいえ、クレープにチョコをトッピングしてしまったので大分減ってしまっている。

くぅ……お口には美味しかったけど、お財布には痛かった……。

「相変わらず、世界を股に掛ける大商会の令嬢とは思えない発言ですわね」

「お金を持ってるのはパパやひいお婆ちゃんであって、私じゃないからね」

私がそう言うと、デビーが「ほぉ」と感心したように言った。

「それを言えるのが凄いよね。この前皆も見ただろうけど、ずっと私を陥れていた奴って、父親がちょっと大きい工房の社長だってだけで威張り散らしてたのに」

「それに関してはママが元貴族令嬢だったのが大きいかな」

「？　どういうことですか？」

私の発言がレティには理解できなかったらしい。デビーとラティナさんも同じように首を傾げている。

ああ、そっか、レティとデビーは平民だし、ラティナさんは他国の人間。

この国の貴族の常識とか知らなくて当然か。

私が説明しようとすると、ヴィアちゃんが先に話し出した。

「我が国の貴族には『権力や財力を持っているのは当主である親であって、まだ何もなし得ていない子女がその威を借ることは恥ずべき行為である』という考えが浸透しているのです」

ヴィアちゃんの言葉を聞き、レティとデビーは二人揃って感心した顔をした。

私は、ママが元貴族令嬢だったのでその心構えを小さい頃から教え込まれてきたんだよね。

「へぇ、そうなんですか。てっきり貴族の人たちって贅沢三昧してるばっかりだと思ってました」

レティが感心してそう言うけど、まあ、三大高等学院みたいな貴族も平民も混合の実力主義学院みたいなところに入らないと、普通平民と貴族の交流なんてないからなあ。

そんなイメージを持っていてもおかしくないか。

「ん？　あれ？　それじゃあ、あの人は？　ええっと……なんて言いましたっけ？　ほら、入学早々に転校した……」

……ああ、いたね！　自分が貴族であることを鼻にかけていて、なぜかヴィアちゃんと付き合えると思ってた奴！

「えーっと……マジで、名前、なんだっけ？」

「さあ……」

私とデビーが名前を思い出せないでいると、ヴィアちゃんとアリーシャちゃんが呆れたように溜め息を吐いた。

「ミゲーレ伯爵家のセルジュさんですわよ」

「セルジュ君！　そうだそうだ」

ようやく思い出した。

デビーも思い出してスッキリしたのか、とても晴れやかな顔をしていた。

「そのセルジュさんは、デビーが想像する貴族のおぼっちゃまそのものって感じでしたよね？」

レティがそう言うと、ヴィアちゃんとアリーシャちゃんは気まずそうに顔を見合わせた。

「事あるごとに周知徹底させてはいるんですけどねえ……」

「貴族の子女というのは、周りからチヤホヤされて育つ人も多いので、勘違いしてしまう人も出てくるのですわ」

あくまで心構えであって、法律で定められてることじゃないからねえ。

「昔からいくら頑張っても中々減らないらしいですわ。私のお母様も昔、我が儘に育てられた御令嬢に絡まれて大変だったと仰ってましたわ」

「私も、ママから事あるごとにそのことを引き合いに出されるから、親が裕福でも調子に乗らないように刷り込まれたんだよねぇ」

なんでも、当時中等学院生だったママはエリーおばさんとその令嬢の修羅場(しゅらば)を目撃したらしく、調子に乗ってはいけないと心に誓ったそうだ。

「え、え、どんな内容だったのですか？」

現王妃の恋愛話にデビーは興味津々だ。

目を輝かせているデビーに、ヴィアちゃんは折れて詳しい話をし始めた。

「なんでも、伯爵家のご令嬢が、すでにお父様の婚約者となっていた公爵令嬢のお母様に『貴女は殿下に相応しくない、私と婚約者を代われ！』とか言ったらしいですわ」

「おお！」

歓声を上げたデビーだけでなく、レティとラティナさんもワクワクした顔でヴィアちゃんの話に聞き入っているけど……。

これ、そんなワクワクした話じゃないんだよなあ。

「そ、それで？　どうなったんですか？」

恋愛話に興味津々なレティが続きを促すけど……聞く？　聞いちゃう？

「……なんでも、お父様がその話を聞きつけてお母様を守り、伯爵令嬢の常軌(じょうき)を逸(いっ)した行動を非難し、その令嬢は退学し領地に封じ込められたらしいですわ」

予想以上に厳しい結果に、目を輝かせていたデビーたちの表情は一転、顔を引き攣らせた。

「その令嬢は両親や周囲から全肯定されて育っていたようで、自分の思い通りにならないことなんてないと思っていたそうです。さっき言った心構えを親が一切教えていなかったケースですわね。結局、その後も改心しなかったその令嬢とその父親はさらなる大問題を起こして、令嬢と父親は処刑され、お家も爵位を剝奪されて没落したそうですわ」

ヴィアちゃんの追い討ちで、三人はガタガタと震え始めた。

「こ、怖っ！」

「王族に逆らうと処刑されちゃう……」

「ヒ、ヒィイ」

あからさまにヴィアちゃんを恐れ始めた三人に、ヴィアちゃんは慌てて釈明をし始めた。

「こ、これは！　あくまでその令嬢の非常識な行動が原因ですのよ！　そもそも伯爵令嬢が公爵令嬢を陥れようとしたのに領地送りになっているだけなのは、信じられないくらい軽い処罰です！」

「え？　じゃあ、その人はなにをやって処刑されたんですか？」

デビーの質問に、私たちは顔を見合わせた。

「それが、その件については詳しく教えていただけませんの」

「私もそう。何回聞いても『王家に弓引く重大な叛逆』としか教えてもらえなくて、詳細は知らないいんだよ」

「そうですか。二人ともがそう言うなら本当なんでしょうけど……なんで教えてくれないんですか？」

「なんでだろうねえ？」

「なんでですかね？」

レティの疑問は尤もだけど、私たちも知らないので顔を見合わせて首を傾げるしかない。

本当になんでなんだろ？

「あ、じゃあ殿下とは今まで通り接していいってことですか？」

「もちろんですわ、デボラさん。むしろ今更余所余所しい態度をとられたら、私泣きますわよ？」

「あはは、じゃあ、今まで通りでお願いします」

「ええ」

そう言って笑い合うヴィアちゃんとデビーの陰で、ラティナさんもホッと息を吐いていた。

「ラティナさんも、あんまり気にしないでね？」

「あ、はい。分かりました」

「ちょっと、シャル。なんであなたが言うんですの？　それは私が言うべき台詞ですわよ？」

「あ、ゴメン、つい」

ヴィアちゃんって、王族とかそういうのを抜いて身内だと思ってるから、つい余計なお世話を焼いちゃった。

「ところでさ」

話が一段落ついたところで、デビーが声をかけてきた。

「私たち、なんの話をしてたっけ？」

「ん？」

あれ？　なんだっけ？

「ええっと……ああ、あれですわ。遊びに行きたいのにシャルにお金がないっていう」

「ああ、そうだった。で、どうしよう？」

話が振り出しに戻った。

マジでどうしよう？

そう思っていると、話を聞いていたらしいマックスから声がかかった。

「それなら、ウチに来ないか？」

「マックスの家に？」

「そう。最近俺ら、よくマジコンカーで遊んでるんだけど、同じメンツばっかでも飽きるし、ラティナさんにも是非体験してもらいたいんだよ」

「あ、そうか。ラティナさん、マジコンカー、触ったことないでしょ？」

「まじこんかー？　ですか？　初めて聞きました」

首を傾げるラティナさんを見て、今日の放課後の予定は決まった。

「よし！　じゃあ今日はマックスの家で遊ぶってことで決定！」

こうして、私たちはマックスの家で遊ぶことに決めたのだった。


マジコンカーとは。

マジカルコントロールカーの略で、遊戯用魔道具の一つ。

遊戯用魔道具とは、その名の通り遊び用に作られた魔道具。

それまで魔道具とは戦闘用か生活用のものと思われていたのだが、パパがお兄ちゃんのために遊び用の魔道具を作ったのがきっかけで遊戯用魔道具というものが生まれ、今やウォルフォード商会は遊戯用魔道具部門において世界ナンバーワンのシェアを誇る。

……いや、だから、パパあっちこっちに顔出しすぎだって。

ちなみにマジコンカーは、前後進と左右旋回の二つのレバーがあるコントローラーに魔力を流すと、連動して小さいサイズの車が動くという玩具。

私が幼いころに発売されたこのマジコンカーは、子供だけでなく大人まで巻き込んだ大ブームを起こした。

しかも、このマジコンカーにはある思惑があり、幼い子供なら格安で購入することができるので、私たちの世代でマジコンカーで遊んだことがない子供はいないくらい普及している。

今ではマジコンカーのレースも全国規模で行われており、地方大会から全国大会、果ては世界大会まで行われている。

大会が開催されると、入場チケットは即完売し、今ではプロリーグがあるマジカルバレーと人気を二分している。

ちなみに、昨年の世界大会の優勝者はカーナン王国の人で、アールスハイド王国民は、マジコンカー発祥の国として王座奪還に燃えているという。

「そんな熱い魔道具をマックスの家で作ってるの！」

「へ、へえ、そうなんですか」

今日の授業が終わり、マジコンカーで遊ぼうと誘ってくれたマックスの家に全員で歩いて向かっている最中に、私はマジコンカーの魅力をラティナさんに熱弁していた。

おっと、熱くなりすぎてラティナさんがちょっと引いてしまった。

「ちょっと落ち着きなさいな、シャル。まあでも、シャルが言っていることは間違いではありませんわ。私も、国民にマジコンカーが普及して熱中してくれているのを誇らしく思いますから」

「え？　あの、遊び、ですよね？　王女様がそんな遊びを誇らしく思われるのですか？」

ラティナさんの疑問も尤もだと思うけど、それには理由があるのだ。

「ええ。なにせお母様がマジカルコントロールカーレース協会の名誉会長をしておりますから」

「……え？　殿下のお母様って……王妃様……ですよね？」

「ええ。シンおじさまがマジコンカーの試作品を持ってきたとき以来すっかり気に入ってしまって、王城内に専用のコースを作りましたの。そうしたらお母様が「マジコンカーを使ってレースをしましょうよ」と提案して、それが切っ掛けでマジコンカーレースが始まりましたので」

「本当にガッツリ関係者だったんですね……」

むしろ創始者だね。

まあ、マジコンカーにはそれ以外の思惑もあるけど、留学生であるラティナさんにどこまで喋っていいのか分からないのでその話題は出さない。

けど、それを抜いてもマジコンカーは楽しいのだ！

「ねえマックス。最近男子たちがマックスの家に入り浸ってるのって、もしかして新作が出るとか？」

最近、一年Sクラスは男女で放課後の行動が分かれるようになってきていた。

時々ウチでの特訓にくることもあるけど、結構な頻度(ひんど)で男子たちは私の家よりマックスの家に集まることが多くなっていたのだ。

もしかして、と思って聞いてみるとマックスは苦笑して首を横に振った。

「そりゃ毎年アップグレードはするけどさ、マジコンカーって割とウチの主力事業だよ？　俺らみたいな小僧が関われるわけないだろ」

「なーんだ」

「ハリーやデビットがよく来てるのは、ウチにマジコンカーの専用コースがあるからだよ」

「ああ、公共のコースは予約が取れないらしいもんね」

「その点、ウチならいくらでも遊び放題だからな。ただ、試作品のテストのときは使わせてもらえないから、そういうときはシャルの家で特訓してる」

マックスの言葉にウンウン頷いている男子たちに、私は思わず呆れた目を向けてしまった。

「遊びの隙間で特訓するとか……普通逆じゃない？　言っとくけど、私ら暇さえあれば特訓してるからね？　アンタたちとは差が開く一方だよ？」

　私がそう言うと、マックスたちは気まずそうな顔をするものの悪びれてはいない様子だった。

　なんで？

「まあ、俺はビーン工房を継ぐのが目的だからな。魔道具を開発するのに魔法の知識は絶対必要だから高等魔法学院にいるんであって、別に最強の魔法使いは目指してないんだよ」

「えー」

「俺は、前も言った通り就職するのに有利だから」

「僕も」

　ハリー君とデビット君もマックスに続いてあまりやる気のない返事をしてきた。

「ちょっと男子たち、それはあまりにも志が低すぎない？」

　あまりにも情けないことを言う男子たちに私が苦言を呈すると、マックスが苦笑しながら言った。

「それは個人の自由だろ？　俺たちは、シャルにみたいにシンおじさんの後継なんて狙っていないし、デボラさんみたいに周りを見返したいと思って頑張ってないし、マーガレットさんみたいに治癒魔法を覚えたいとは思っていないし、ラティナさんみたいな使命があるわけじゃないいんだよ」

「うー……」

それはそうかもしれないけどさあ。

「それに、その考えだと、俺らと一緒の学園生活が送りたいだけのヴィアちゃんとか、それに付いてきてるだけのアリーシャちゃんを許容してるのが矛盾することになるぞ？」

いや、それは確かにそうなんだけど、ヴィアちゃんは王女様だし、動機がなんであれ高等魔法学院Sクラス次席だったらもうこれ以上努力しなくてもよくない？

と、私はそう思っていたんだけど、ヴィアちゃんはマックスに向かって異を唱えた。

「確かにシャルたちと一緒にいたいというのも理由ですが、本音は将来シルバーお兄様のサポートをして差し上げたいからですわよ！」

そう堂々と言ってのけるヴィアちゃん。

……本音の方が非道かったよ……。

「シルバー兄のサポートって……別に魔法使いでなくてもいいんじゃないの？」

ヴィアちゃん王女様だしねえ、もしお兄ちゃんと恋人になって、その後夫婦になったとして、王女様ならそれだけでなんでもサポートできるんじゃないの？

私はそう思ったのだけど、ヴィアちゃんはフルフルと首を振った。

「いえ、私は、シンおじさまとシシリーおばさまのような夫婦に憧れているのです」

……。

「あの、ヴィアちゃん？　オーグおじさんとエリーおばさんは？　国王陛下と王妃殿下だよ？　国民憧れの御夫婦だよ？」

パパと同じく英雄であるオーグおじさんと、それをずっと陰から支えてきたエリーおばさんは、国王と王妃という立場から『理想の夫婦像』と国民から言われ慕われているんだけど……その娘であるヴィアちゃんが他の夫婦に憧れを持ってるってどういうことなの？

「確かに、お父様とお母様も仲睦まじいですし、お母様は常にお父様の助けになるように行動してますわね」

「でしょ？　だったら、普通あの二人を理想にしない？　実の親なんだし」

私がそう言うと、ヴィアちゃんは「ふぅ」と息を吐いた。

「シルバーお兄様は国王ではないではありませんか」

「当たり前だよ」

一体、なにを言っているんだろうか？　この人は。

「お母様は、国王であるお父様を支えているのです。そのために必要なことは社交や外交、それに国民の声を聞くこと。ですが、私が支えて差し上げたいのはシルバーお兄様。シルバーお兄様は現場で働く魔法使いです。それはシンおじさまと同じような立場ですわ」

あー、なるほど。

なんとなく言いたいことが分かった。

「つまり、パパみたいに現場で働くお兄ちゃんを支えるなら、ママみたいに魔法も使えて直接仕事をサポートできるようになりたいって、そういうこと？」

「その通りですわ！」

いやあ、本当にお兄ちゃん大好きなんだなあ。

ヴィアちゃんの考えを言い当てたからか、凄く嬉しそうな顔をこちらに向けてきた。

「というわけで、私が魔法を頑張っているのはそういうことですの。シルバーお兄様はシンおじさまの後継者。なら私は、シシリーおばさまに匹敵(ひってき)するくらいの魔法使いにならないといけませんの」

「ちょっ！　パパの後継者は私だってば！」

「あら、そうでしたわね。まあ、頑張ってくださいまし」

「むきーっ！」

なに？　このすでにお兄ちゃんの妻気取りの発言！

そもそも恋愛対象として見られてないくせに！

……と思ったけど口にするのは止めた。

言ったらマジで凹むから。

そんな感じでワイワイ言いながらビーン工房に辿り着いた私たちは、マジコンカーのテストコースがある建物に入っていった。

「す、凄いですね……こんなに大きな建物が全部工房の持ち物なんですか……」

「いや、ここだけじゃなくてここら一帯そうだよ」

「そ、そうなんですか⁉」

マックスが何気なく言った一言に目を見開いて驚くラティナさん。

「凄いです……マックス君の家は大金持ちなんですね……」

「はは、いや、シャルの言った通り、金持ってるのは親……ウチの場合は爺ちゃんか。俺じゃないから自慢なんてできないよ」

「そうなんですか。ご立派ですね」

「そ、そんなことないよ」

ラティナさんから向けられる尊敬の眼差しに、マックスは照れながら視線を逸らした。

あれ？　もしかして、マックスってマジでラティナさんに惚れてんの？

でも、ラティナさんって留学生だから、いつかは国に戻っちゃうけどいいんだろうか？

そんなことを考えたからか、なんだか胸の辺りがモヤッとした。


……？　なに？


そんな変な感覚に首を傾げていると、テストコースに誰かが入ってくるのが見えた。

「ん？　あれ？　どうしたマックス。今日これからテストコース使うんだけど」

入ってきたのは、お兄ちゃんの友達で、先日結婚式にも出席したアレンさんだった。

「こんにちはアレンさん。え？　今日ってテストコース使わないって聞いたのにな」

マックスがそう言うと、アレンさんは申し訳なさそうな顔をした。

「ああ、実は新しいサスペンションの試作品ができたんだよ。急だったからマックスには連絡できてなかったんだな……」

アレンさんはウェルシュタイン侯爵家の次期当主に確定している本物の貴族。

なのに、なんでここでサスペンションの試作品のテストなんかしてるかというと……。

「アレンさん、ビーン工房に就職したって本当だったんですね……」

私がそう言うと、アレンさんは本当に嬉しそうな顔をした。

「ああ！　マジコンカーには開発当初から関わっていたとはいえ、あれは本当に意見を求められただけだったからな。これでようやく自分で開発に携われるようになったよ！」

そう、アレンさんは、侯爵家というアールスハイドでも数少ない高位貴族の次期当主なのに、なぜかビーン工房に就職したのだ。

いや、そりゃ確かに貴族家の当主は、領地経営以外に仕事を持ってることも多いよ？

でも、ママのお兄ちゃんでクロード子爵家当主であるロイス伯父さんはウォルフォード商会の役員だし、前当主であるお爺ちゃんはお役所勤めの官僚をしている。

つまり、貴族家の人が仕事をするときって、大抵役所に勤めるとか商会の役員とかになることが多いんだけど……。

アレンさんが選んだのは、ビーン工房のマジコンカー開発部門の技術者だった。

いや、昔からマジコンカー大好きだったのは知ってるけど、まさか開発から関わりたいと思ってたとは知らなかったわ。

新しいサスペンションを組み込んだと思われるマジコンカーを嬉しそうに掲げながら、アレンさんは溢れんばかりの笑みを見せた。

「コレ、俺が前から改良したいと思ってたパーツでね、ようやく試作品が出来上がったからテストしに来たんだ」

「そうだったんですね……あー、じゃあ、今日はコース使うのは無理かあ」

ラティナさんにマジコンカーを初体験させるのに、コースを使った方が楽しいかと思ったんだけど、まあ、走らせるだけならどこでもできるから別にいいかな。

そう思ってテストコースがある建物から出ようと思っていると、アレンさんは少し考えた後に驚くべきことを言った。

「んー別に、サスペンションの動きを見るだけだから、お前たちもコースを使っていいぞ？」

その言葉に、私たちは目を丸くしてしまった。

「え、でも、それって企業秘密なんじゃ……」

私がそう言うと、アレンさんは一瞬キョトンとした顔をしたあと爆笑した。

「な、なんで笑うんですか！」

「ふはっ！　あはは！　わ、悪い、あー、今からテストすんのはサスペンションなんだけど、それの違いってシャルちゃん、分かるか？」

「サスペンションの違い？」

サスペンションってアレでしょ？　なんか、タイヤが付いてるところで上下に動くやつ。

「え？　違いなんてあるんですか？」

私がそう言うと、アレンさんはまた笑った。

「素人には分かんないだろ？　だから、見られても困りはしないさ」

アレンさんはそう言うと、その新しいサスペンションが組み込まれたマジコンカーをコースに下ろした。

「いやあ、それにしてもシャルちゃんから敬語で話されると、なんかムズムズするな」

「え、だって、アレンさんもう学生じゃないし、結婚もしたじゃないですか。なんか、馴れ馴れしいのは駄目かなって思ったんですけど」

「いやいや、親友の妹からそういう風に態度を変えられるのは寂しいよ。できたら今まで通りに接してくれると、お兄さん嬉しいんだけど？」

アレンさんがそう言いながらウインクしてきた。

「はぁ、分かったわよ、アレンさん。あ、そういえばお兄ちゃんから聞いたんだけど、クレスタさん赤ちゃんできたんだって？　おめでと」

「お、もう聞いたのか。ありがとうな」

高等魔法学院を卒業してすぐに結婚式をあげたのに、もう子供ができたらしい。

「お兄ちゃんが『アレンはクレスタさんのこと早くお嫁さんにしたくて仕方なかったんだな』って言ってた」

私がお兄ちゃんから報告を受けたときのことを思い出して報告すると、アレンさんはちょっと顔を赤くした。

「シルバーめ……あのときは『アレンが羨ましいよ』とか言ってたくせに」

……ん？

ちょっと待って。

アレンさんが羨ましい？

「ちょ、ちょっと待ってくださいまし！　アレン様！　シルバーお兄様は本当にそんなことを言っていたのですか⁉」

「え？　ええ。本当ですが……」

突然アレンさんを問い詰めたヴィアちゃんに、アレンさんは困惑しながらも肯定した。

それって、もしかして……。

「まさか……シルバーお兄様はクレスタ様のことが……」

「なんでそうなる⁉」

「え？」

盛大な勘違いをしているヴィアちゃんにツッコミを入れると、ヴィアちゃんはキョトンとした顔をしていた。

アレンさんも苦笑いだ。

「はは、違いますよ殿下、アレンが羨ましいって言ったのは私が『妻を娶って子供ができた』ということについてです。つまり、自分も妻や子供が欲しいと思っているという……」

「そ、それは本当ですのおっ⁉」

アレンさんの言葉を遮るようにヴィアちゃんがアレンさんの胸倉を掴んだ。

「本当に⁉　シルバーお兄様はそのように仰いましたの⁉　嘘だったら承知しませんわよ⁉」

「ほ、本当ですよ‼　嘘じゃないですって‼」

胸倉を掴まれてガクガクされながらも、アレンさんは必死にヴィアちゃんに言葉を返した。

ってていうかヴィアちゃん、いい加減手を離してあげて。

そんなにガクガクすると、アレンさん酔っちゃうから。

あ、手を離されたアレンさん、蹲って「おぇ」って言ってる。

ここで吐かないでね。

「シャルッ‼」

「うん？」

「すぐに帰りますわよ‼」

「なんで？」

「なんでって……帰ってシルバーお兄様に真意を確かめませんと‼」

「今帰っても、お兄ちゃんいないよ？」

「そうでしたわ‼」

頭を抱えて天を仰ぐヴィアちゃん。

「はぁ……相変わらず、シルバーが関わると……ああなるんだな……」

まだちょっと具合悪そうなアレンさんが、ヴィアちゃんをちょっと遠い目になりながら見つめていた。

メッチャ言葉濁してる。

「ハッキリ『ポンコツになる』って言っていいよ？」

「言えるわけないだろ！　王女殿下だぞ⁉」

「思ってはいるってことね」

「……言うなよ？」

「言わないよ。何年の付き合いだと思ってるのさ？」

「はは。まあ、分かってるけどな。さて、そろそろ仕事するかな」

アレンさんはそう言うと、コントローラーを手にして私たちから離れていった。

もちろん、頭を抱えているヴィアちゃんは放置して。

「さて、ちょっと横道に逸れまくったけど、許可も貰ったし私たちも始めよっか。ラティナさんのマジコンカー初体験……ラティナさん？」

テストコースにある適当なマジコンカーとコントローラーを手にラティナさんの方を

見ると、ラティナさんは俯いて爪を嚙んでいた。

「ラティナさん？」

「え？」

「爪、嚙まない方がいいよ？　っていうか、どうしたの？」

「あ、い、いえ！　なんでもないんですよ！　あはは！」

その態度は不自然そのもので、なんでもないとはとても思えなかったけど……追及するのもどうかと思ったので、そのことには触れずマジコンカーで遊ぶことにした。

のだけど……。

「あら？　あらあら？」

「ちょっ！　だ、誰かラティナさんからコントローラーを取り上げて！」

「きゃあ！　こっちに来ましたわ!!」

「で、殿下……うおわっ!!　試作品一号が!?」

「なんで真っ直ぐぶつけるんですかあっ!!」

「え？」

「うわあ！　こっち飛んできた！」

初めてマジコンカーに触ったラティナさんだったが、このテストコースにあるのはハイスペックなマジコンカーばかりだということを完全に忘れていた。

本来、子供向けの低スペックなものから始めるのが普通だというのに、いきなりハイスペックマジコンカーを操作することになったラティナさん。

そりゃあ、暴走するよね。

結局、試作品にぶつけるわヴィアちゃんを追いかけ回すわ、大騒ぎの末にラティナさんのマジコンカー初体験は終わった。

大騒ぎだったけれど、ラティナさん本人は楽しかったようで……。

「ご、ごめんなさい。でも、楽しいですね、これ！　一台買ってもらおうかな？」

そんなことを言っていた。

その際は、ぜひ初心者用でお願いします!!

◇第三章◇　いつまでも子供じゃいられない

　マジコンカー暴走事件のあとも、色々と面白い遊戯用魔道具があるビーン工房で遊び、そろそろいい時間になったので、ヴィアちゃんを連れて私の家に行くことにした。

「ヴィアちゃん、そろそろ行こっか」

「そうですわね。それではマックス、そろそろお暇します。楽しかったですわ」

「そりゃ良かった。ところでシャルの家までの足は？　まさかこの時間から歩いては行かないよな？」

「もちろんです。少し前から工房前に迎えの車が来ていますわ」

　マックスの言葉に、当然とばかりにヴィアちゃんは答える。

　なんせ王女様だから、周りが薄暗くなる時間に外を徒歩で移動するなんて危険なことは絶対しない。

　私たちには当たり前のことなんだけど、ラティナさんにとっては違ったようで

「え？」という声を出して驚いていた。

「車移動、ですか……」

「うん。あ、もちろんラティナさんたちもウチの車で送るよ。薄暗い中出歩くなんて、王女様じゃなくても女の子なら危ないからね」

「あ、そ、そう、ですね……」

ん？　なんかラティナさんの様子がおかしいな。

元気がないというか……。

「あ、別に気にしないでね。徒歩で帰らせて何かあるより全然いいんだから」

「そう、ですね。ありがとうございます」

最近ラティナさんを車で送る機会が多いから気にしているのかもしれないと声をかけるが、ラティナさんの態度はちょっとおかしいままだった。

「どうしたの？　何か気になることでもあった？」

「あ……い、いえ、大丈夫ですよ」

ラティナさんはそう言って儚げな笑みを浮かべた。

「そ、そう？　ならいいけど……」

多分何か言いたいことか気になることがあると思うんだけど、ラティナさんが言わないのならそれ以上詮索するのも変だ。

なので、私は引いたんだけど……なんなんだろうな？

「さて、行きますわよ、シャル。決戦の地へ！」

少し様子のおかしいラティナさんを気にしていると、そんなことには全く気付いていないのか、ヴィアちゃんが私の腕を摑んで車に向かって歩き出した。

「ああ、うん。じゃあ皆、また明日ね」

ヴィアちゃんに引き摺られながら皆に挨拶をすると、皆苦笑を浮かべながらも手を振って挨拶をしてくれた。

こうして私たちを乗せた車は、ウォルフォード家に向かって走り出した。

道中の車内では……ずっとヴィアちゃんが「真意を……」「いえ……」「でも……」と、ブツブツ独り言を言っていた。

……めっちゃ怖かった。

そんな地獄のような時間を過ごし、ようやく家に帰ってきた。

リビングに入ると、予想外の光景が目に入った。

「おかえり、シャル、ヴィアちゃん」

なんと、お兄ちゃんがすでに帰宅してリビングで寛いでいたのだ。

「え？　お兄ちゃん、なんで？」

普段より大分早い時間に帰ってきていたお兄ちゃんに、私は困惑を隠せず、ただいまも言えずにいた。

私でさえそうなんだから、なんの心の準備もできずに対面してしまったヴィアちゃんは相当驚いたに違いない。

そっとヴィアちゃんの横顔を見ると、驚きのあまり口を半開きにして固まっている。

あの、お兄ちゃんを見ると一目散に飛びついていくヴィアちゃんが、お兄ちゃんを前にしても固まったままなんて、どれだけ驚いたのかが窺い知れるよ。

そんな困惑する私と固まるヴィアちゃんを不思議そうに見ながらも、お兄ちゃんはなんでここにいるのか教えてくれた。

「今日巡回中に、逃走している強盗犯と出くわしてね。人を捕縛するのに慣れてないから手間取ってるうちに犯人と揉み合いになってちょっと怪我しちゃってね。それで早退させられたんだ」

お兄ちゃんが「怪我しちゃってね」って言った辺りで、ヴィアちゃんはすでに動き出していた。

「だ、大丈夫なんですかシルバーお兄様‼　どこを⁉　どこを怪我されたのですか⁉」

お兄ちゃんが怪我をしたという言葉で我を失ったヴィアちゃんが、お兄ちゃんに詰め寄る。

っていうか、ここに誰がいるのか理解していない時点で、ヴィアちゃんが相当混乱していることが分かる。

「ちょ、ヴィアちゃん、落ち着いて。怪我は母さんに治してもらったから。もう跡形もないから」

涙目で縋り付くヴィアちゃんの頭をポンポンと撫でながら、優しい言葉で宥めるお兄ちゃん。

こういうことをするから、ヴィアちゃんに気があるんじゃないかって期待してしまうんだよねえ。

実際は、妹対応だったりするんだけど……。

そんな風にお兄ちゃんに宥められたヴィアちゃんはすぐに落ち着きを取り戻し、ハッとした顔でソファーに座っていたママを見た。

「あ……そう、ですよね。おばさまがいるのなら怪我なんてすぐに治りますよね。私ったら、そんなことにも気付かないで……」

治癒魔法の権威とも言えるママがいる家で怪我の心配をするほど、ヴィアちゃんは混乱していた。

自分の存在を忘れられていたママはというと、優しい顔でヴィアちゃんを見ていた。

「ふふ、そんなに慌てるくらい心配だったのね？」

「……はい。シルバーお兄様が怪我をされたと聞いては落ち着いていられませんでした」

ヴィアちゃんはそう言うと、ソファーに座っているお兄ちゃんの膝の上に横座りになり、頭を胸に擦り付けた。

お兄ちゃんも、ヴィアちゃんの頭を撫で続けている。

……これって、恋人でも溺愛ラブラブカップルでないとやらない所業よね？

なんでこの二人はこれを自然にやっているんだろう？

そして、なんで二人はこれで付き合ってないとか言うんだろう？

え？　もしかして、これでも妹対応なの？

私には無理だぞ！

二人の間にハートが飛び交う様子が幻視できるほどの光景を遠い目で見ていると、それまで大人しく頭を撫でられていたヴィアちゃんが意を決した表情をして顔をあげた。

「あ、あの！　シルバーお兄様！」

「ん？　なに？」

「えっと、その……今日、アレンさんに会いまして……」

「アレンに？　ああ、もしかしてビーン工房で？」

「はい。それで、その……クレスタ様のご懐妊の報告を受けたときに、その……」

「ヴィアちゃん」

お兄ちゃんは、一生懸命に話しているヴィアちゃんの言葉を遮って自分が話し始めた。

私は、この行動に出たお兄ちゃんを、信じられないものを見る目で見てしまった。

なぜなら、お兄ちゃんはいつも私たち年下の言うことを最後まで聞いてくれる。

話している途中で言葉を遮ったり絶対しない。

そのお兄ちゃんが、ヴィアちゃんの言葉を遮った。

ヴィアちゃんも、驚いて固まっている。

お兄ちゃんは、そんなヴィアちゃんの目を真っ直ぐに見て話し始めた。

「ヴィアちゃん、僕はね、アルティメット・マジシャンズの新人団員なんだ」

「え？　えっと、はい」

「まだ一人で依頼に出られないから、こうして色々研修なんかをしてる」

「……？」

「僕は、まだ半人前なんだ」

「そ、そんなことは！」

「そんなことあるんだ。それは、誰よりも僕がよく知ってる」

「シルバーお兄様……」

「だから僕は、今のヴィアちゃんの言葉の先を聞いても、応えることができない」

「……」

お兄ちゃんの言葉を聞いて、ヴィアちゃんの目に涙が滲んでいく。

……ああ、こうして決定的な瞬間を見るのは辛いなぁ……。

と、思っていたんだけど……。

「……わ、私はまだ、なにも、なにも言っておりませんわ。ですから……」

そう言ったまま俯いたヴィアちゃんの言葉を待つお兄ちゃん。

私とママも固唾を飲んでこの光景を見守っている。

た、確かにヴィアちゃんは決定的なことは言っていない！

ってことは、まだヴィアちゃんが振られたわけじゃないのか⁉

どうなの⁉

どうなるの⁉

ハラハラして見ていると、ヴィアちゃんはまだちょっと涙の滲んだ目でお兄ちゃんを見つめた。

「シルバーお兄様が……いえ、シルバー様が一人前になったら教えてくださいませ。その時は、この続きを伝えさせていただきますわ」

「……分かった」

ヴィアちゃんの言葉を聞いたお兄ちゃんは、フッと微笑むと、ヴィアちゃんの頭を優しく撫でた。

だから！　それは彼氏がやる行動でしょうが！

半人前だから受け入れられないとかなんとか言いながら、やってることは恋人と同じなんだよ!!

え？　これって、二人の間ではまだ恋人の距離じゃないの？

散々妹にしか見られていないとかなんとか悩んできたけど、こんなのヴィアちゃんの勝ち確定じゃないの？

「ねえお兄ちゃん」

「なに？」

「一人前って、具体的にどうしたら一人前なの？」

「どうしたらって、一人でアルティメット・マジシャンズの依頼を受けられるようになったらかな」

「……そう」

それって、結構すぐなんじゃないの!?

それなのに、なんでこんな焦らしてるの⁉

ちょっとした恋のスパイスなの⁉

もうわけ分かんないよ‼

そんな理解できない状況に頭を抱えている私を他所に、明らかに恋人の距離で見つめ合うお兄ちゃんとヴィアちゃん。

それを微笑ましいものを見る目で見ているママ。

ショーンはさっきからソファーの隅で真っ赤になりながらチラチラ二人を見てる。

あんたは部屋に戻ってなさい！


今までの亀の歩みのような進展具合はなんだったのか？　と言いたくなるくらい急展開だった日の翌日。

またヴィアちゃんがキモい状態になっているんだろうな、と思いながら登校した。

ある程度覚悟して教室に入ったんだけど、そこで見た光景に、私は別の意味で目を見開いた。

「あら、シャル。おはよう」

そこには、慈愛に満ち溢れた笑顔で挨拶をしてくるヴィアちゃんがいた。

なんか、後光も差している気がする。

「あ、お、おはよう」

「今日は素晴らしい日ですわね」

窓の外を見る。

今にも雨が降ってきそうだ。

「え……そう、かな？　雨降りそう……」

「天気なんてどうでもいいのです。だって、私の心はこんなにも晴れやかですもの！」

そう言って「うふふ」と朗らかに笑うヴィアちゃんは、別の意味で気持ち悪かった。

「ちょ、ちょっとシャルロットさん！　殿下のアレ、どうしてしまったのですか⁉」

アリーシャちゃんが慌てた様子で私の腕を引っ張り、ヴィアちゃんに背を向けて詳細を聞いてきた。

昨日、ビーン工房で別れる前まではあんな状態じゃなかったからなあ。

日が変わってあの状態になっていたら、そりゃビビるよね。

「あー、昨日ね、お兄ちゃんとちょっと進展があって……」

「え⁉　ま、まさか⁉　殿下とシルバーさん、お付き合いをされるようになったのですか⁉」

「え……」

「「ん？」」

ヴィアちゃんに背を向けてコソコソ小声で話していたのだけど、そうすると私たちの身体は教室の入り口を向く。

すると、小声で話していても教室に入ってきた人には聞こえてしまう。

驚いた声が聞こえてきたのでアリーシャちゃんと二人して顔をあげると、そこにはラティナさんがいた。

「あ、おはよう、ラティナさん」

「おはようございます」

「あ、お、おはようございます。あの、シャルさん、今の話、本当なのですか？」

今の話？

「ああ、ヴィアちゃんとお兄ちゃんの話？　いや、まだ付き合ってはいないよ」

私がそう言うと、ラティナさんはなぜかホッと息を吐いた。

「そ、そうなんですか」

「まあ、時間の問題だとは思うけどねえ」

昨日の様子を見るに、ヴィアちゃんの勝ちは確定している気がする。

あとは、文字通り時間の問題だ。

「……え？」

私が昨日の様子を思い出してちょっとゲンナリしていると、ラティナさんが固まっていた。

「ん？　どしたの？」

「あ、いえ！　なんでもないんです！」

「そう？　あ、今日はママがいるから治癒魔法の訓練する？　するなら連絡しとくけど」

「お、お願いします」

「おっけー。じゃああとで連絡しとく」

なんで固まってたのかは分からないけど、ラティナさんにとって一番大事なのは治癒魔法を覚えてヨーデンに帰ること。

せっかくお世話係に選ばれたんだから、少しでもラティナさんにとって実りある留学にしないとね。

今日の放課後の予定も決まり、いつも通りに授業を受ける。

いつもとあまりにも雰囲気の違うヴィアちゃんに、デビーとレティが教室に入ってくるなり『ビクッ！』としたり、ミーニョ先生から心配されたりしていたけど、概ね問題なくこの日の授業は終わった。

そして放課後になり、ラティナさんと魔法の訓練を始めたのだけど……。

「ラティナさん？　集中が乱れていますよ？」

「は、はい！　すみません！」

「うーん」

どうもラティナさんの調子が悪いみたい。

治癒魔法を覚えるために、まず魔力量の増加を図っているんだけど、その魔力制御にいつものような繊細（せんさい）さが見られない。

それが気になったのか、ママが何回か声をかけているが、すぐに集中が乱れてしまう。

これは、なにか問題でもあるんだろうか？

私でもそう感じるくらいだから、ママがなにも感じないわけがない。

少し考えたママはラティナさんに声をかけた。

「ラティナさん、今日の訓練はやめておきましょう」

ママにそう言われたラティナさんは、絶望したような顔をしてママを見た。

「え？　そんな……それって、もう教えてくださらないということですか？」

「ああ、違いますよ。今日のラティナさんはどうにも集中力が持続しないみたいですから、ちょっとお話をさせていただこうかと思いまして」

「お話……ですか？」

絶望の表情から困惑の表情に変わるラティナさん。

「ええ。魔法は心に非常に敏感に反応します。今の状態で訓練をしても身になりませんし、なによりラティナさんの悩みを解決した方がいいと思いましたから」

「悩み……」

「ええ。というわけでシャルたちは訓練を続けていなさい」

ママはそう言うと、ラティナさんを連れてゲートで家に帰ってしまった。

「……王女様、置き去り？」

今日はヴィアちゃんも一緒に来ていたのだが、ママはヴィアちゃんもここに置いて行ってしまった。

「まあ、ここは人気もありませんし、大丈夫ですよ」

自分を特別扱いしないママに、ヴィアちゃんは特になにも思うところはないらしい。

「それより、ラティナさん、なにかに悩んでたのかな？」

「……さあ、私には分かりかねますわ」

「だよねえ……はぁ、私、お世話係なのに、気付けなかったなあ」

私がそう言うと、ヴィアちゃんはクスクスと笑った。

「シャルに他人の心の機微が分かるとは思えませんわ」

「それは非道いよ！　ヴィアちゃん！」

私だって他人に気遣いくらいできるよ！

「ほらほら、遊んでないで練習しないと。シシリー様、そういうのすぐ見破るじゃん。

怒られるよ？」

デビーの一言でここに訓練をしに来ていることを思い出した私たちは、すぐに魔力制御の練習に取り掛かった。

べ、別に、ママのお仕置きが怖かったんじゃないんだからね!!

……嘘です。超怖かったです。

その後、しばらくしてからママとラティナさんが戻ってきたんだけど、どんな話をしていたのかは教えてもらえなかった。

◆

魔法訓練場である荒野から自宅に戻ってきたシシリーは、落ち込んだようすのラティナをリビングに誘導し、温かい紅茶を飲ませて落ち着かせた。

紅茶を飲んで身体が温まり、気分が落ち着いてきたと見たところで、ラティナに話しかけた。

「それで？　どうしたのかしら？　なにか心配事？　それとも、悩み事かしら？」

シシリーはそう訊ねるが、ラティナは答えることができない。

なにせ、その悩みの原因はシシリーの身内なのだから。

言いたいけど言えず、ますます固くなるラティナを、シシリーは辛抱強く待った。

それでもなにも言えず俯いているラティナに、仕方なしに手を差し伸べることにした。

「話しにくい？　それとも話したくない？」

「……話しにくいです」

「そう……じゃあ、シャルになら話せる？」

「……もっと話しにくいです」

「うーん……」

特別話せない内容ではないけど、話しにくい。

人を替えても駄目。

となると、詳細を聞くのは無理だなとシシリーは切り替えた。

「じゃあ、細かく話さなくていいから、それって学院での悩み？　勉強に行き詰まっているとか」

「違います」

「そう。じゃあ、人間関係？」

「!?」

シシリーの問いにラティナが反応した。

人間関係の悩みで、シャルに話しにくい内容……。

「……もしかして、シャルと上手くいってない？」

「い、いえ！　シャルさんは本当に良くしてくれています！　シャルさんのお陰で、毎日楽しく過ごせています！」

「そう、それは良かった」

ラティナが必死に否定してくれたので、シシリーはホッとしたのと同時に嬉しくなった。

我が娘は、ちゃんとラティナのお世話ができていて、良好な関係も築けているようだ。

しかし、そうなると人間関係で悩むとなるとアレしか思い付かない。

「なら……恋愛関係かしら？」

「っ‼」

シシリーの言葉に、ラティナはバッと顔をあげた。

そして、ポロポロと涙を溢(こぼ)した。

「ちょ、ラティナさん、大丈夫⁉」

急に涙を流し始めたラティナに、シシリーは驚き、対面に座っていたソファーから立ち上がってラティナの横に座り、背中を摩(さす)って慰(なぐさ)めた。

「す、すみま、せ……」

「いいの。いいのよ。とりあえず、泣いて、吐き出してしまいなさい」

「う、ううう……」

背中を摩ってくれるシシリーの優しさに触れ、シシリーに縋りついて泣き始めてしまったラティナ。

そんなラティナを受け止めているシシリーは、ラティナが泣き止むまでずっと背中を摩り続けていた。

そうしてしばらく経過し、ようやくラティナが泣き止み、顔をあげた。

そして、しゃくりあげながらシシリーに心情を吐露し始めた。

「……あのっ、私、他に好きな人がいる人を、す、好きに、なっちゃって」

「うん」

「それ、でっ、どう、見ても、お互い、好き、合ってて、わたしがっ、入る、隙間なんて、なくてぇ」

「うん」

「でも、それでも、好き、でぇ」

「うん」

「もう、どうしたらいいのか分からなくてぇ」

「そっか」

「うぇえええ」

ラティナはまたシシリーに縋りついて泣き出してしまった。

そして、シシリーはまたラティナの背中を優しく撫で続けた。

そうしてまたしばらく経ったころ、泣き止んだラティナがゆっくりと顔をあげた。

「……ズッ！　あ、あの……すみません、みっともないところを見せてしまって」

「ふふ、いいのよ。それで、少しはスッキリしたかしら？」

「……はい。そうですね。元々叶う見込みはなかったんです。それなのに、諦めきれなかったので……でも、これでスッキリしました。もうこの想いは諦めます」

まだ泣いた余韻が残っているが、スッキリした表情のラティナを見てホッとした。

「そう……もう大丈夫？」

「はい！」

「じゃあ、皆のところに戻りましょうか。ちょっと待っていてね」

「え？」

シシリーはラティナの顔に手を翳すと、魔法を行使した。

シシリーの手から、温かく心地いい魔力が伝わってくる。

その心地よさに、ラティナは思わず目を閉じた。

「はい。もう大丈夫よ」

その言葉と共に、温かい魔力が途切れたので目を開けると、顔に違和感があった。

違和感というか、凄くスッキリしていた。

「ちょっと目元が腫れていたから、治癒魔法で治しておきました。これで、皆には泣いたことはバレませんよ」

シシリーはそう言うと、ラティナに向かってウインクした。

ラティナは、初めて自分自身で経験した治癒魔法とシシリーに、心を撃ち抜かれてしまったのだった。

ウォルフォード家での治癒魔法訓練のあと、宿舎に戻ってきたラティナは、ベッドに倒れ込むと両手で顔を覆った。

「はぁ……シシリー様、素敵だった……」

ついさっきまでシルベスタへの想いを引き摺っていたのに、今ではその想いを諦め、その母であるシシリーにときめいてしまっていた。

シシリーは同性であるため、抱いているのは恋愛感情ではなく尊敬の念だが。

しかし、ラティナの心は確実に軽くなっていた。

あとは、兄にシルベスタとのことは駄目だったと報告すればいい。

兄も、駄目でもともと、成功したらラッキーだと言っていた。

これで、煩わしいことは全部終わると、そう思っていた。

面倒なことは早く終わらせてしまおうと、ラティナは兄の部屋を訪れ、扉をノックした。

『はい？』

「お兄ちゃん？　私」

『ああ。入ってくれ』

兄の許可が出たので、ラティナは部屋に入る。

兄の部屋は、色んな書類が散乱していて、お世辞にも綺麗とは言えなかった。

「もう、もっとちゃんとしてよね」

「悪い悪い。それで？　お前から訪ねてくるなんて珍しいな」

「ああ、うん。ちょっと報告があって」

「報告……例のアレか」

「うん」

ラティナは返事をしたあと、少し間を空けた。

諦めたとはいえ、それを言葉にして出すのを少しためらったから。

しかし、決心を固めると、ラティナは兄に告げた。

「シルバーさんは他の人と付き合うことになったわ。だから、私は諦めた」

「！　そ、うか」

「ええ」

口に出してしまえば、これで本当に決着がついた気がして、ラティナの心は少し痛んだが、モヤモヤはなくなった。

そして兄は、ラティナからの報告を聞いたものの、まだ少し信じられない様子だった。

「まさか、お前が振られるなんてな……それで？　シルバー様は誰とお付き合いをされることになったんだ？」

聞いても仕方がないことなのだが、聞かずにはいられない。

それは、使節としての立場なのか兄としての立場なのか、そのどちらもなのか。

自分で自分の心情が分からないが、とにかく聞いておきたかった。

するとラティナは、周囲をキョロキョロと見回したあと、扉に鍵をかけた。

そして、兄に近付くと、口を耳に近付けた。

「……絶対、ぜーったい内緒だからね」

「お、おう」

ここまでして内緒にするとは、一体誰と付き合いだしたのか？

その気になる名前は、すぐに聞かされることになった。

「……オクタヴィア王女殿下よ」

「⁉」

ラティナの発言に反射的に叫ぼうとした兄の口を、予想していたように手で塞ぐラティナ。

しばらく手で口を塞いでいたのだが、兄が苦しそうにラティナの腕をパンパンと叩くので、ゆっくりと解放した。

「ぷはっ！　お、お前、殺す気か？」

「だって、叫びそうだったじゃない」

「そうだけども！」

ひとしきりラティナと言い合った兄は、その後すぐに考え込んだ。

「言っとくけど、絶対殿下の名前を出さないで報告してよ？」

「あ、ああ。それにしても、本当なのか？　その、王女様とお付き合いされているというのは？」

「うん。シャルさんがそう言ってたから間違いない」

本当は、まだシルベスタとオクタヴィアは付き合ってはいないのだが、シャルは時間の問題だと言っていた。

それなら、もう付き合っていることにしてしまっても問題ないだろう。

なにより、ラティナに魅力がなくて振られたというより、他に恋人がいるので駄目だったという方が、自分にもダメージが少ない。

そんな自己保身もあっての報告だった。

「そうか。分かった。なら、明日にでも作戦失敗を伝えておく。まあ、もともと上手くいけばラッキーっていうことだったからな。なにも言われないさ」

「っていうか、お兄ちゃんが余計なこと言うからこんなことになったんでしょ！」

「わ、悪かったって」

「もう。明日、ちゃんと報告してよ？」

「ああ。任せておけ」

こうして、ラティナはシルベスタに仄(ほの)かに抱いた恋心を諦めることにした。

自分の胸に秘めていただけなので、特に周りを騒がすこともない。

そう思って、ラティナは普段通りに学園に通い、治癒魔法の訓練をし、時にシャルたちと王都で遊び、充実した日々を送っていた。

そんなある日のこと、宿舎のラティナの部屋に訪問者が訪れた。

「ちょっ！　どうしたのお兄ちゃん⁉　顔、真っ青なんだけど⁉」

部屋を訪れたのは兄で、その顔は、今まで見たことがないくらい真っ青だった。

兄は、ラティナの部屋のベッドに座り込むと、額に手を当て髪をクシャッと握り、苦し気に言葉を吐き出した。

「マズイことになった……」

「え？」

ラティナがそう聞き返すが、兄は言葉の続きを喋らず、青い顔をして俯いたままだった。

「お兄ちゃん‼」

業を煮やしたラティナが強い口調で呼びかけると、兄はようやく重い口を開いた。

「この前、例の作戦の失敗を伝えた」

「うん」

「もちろん、王女殿下の名前は出していない」

「まあ、当然よね」

「で、な……」

「うん」

そこで少し間を空けた兄は、呟くように驚くべきことを告げた。

「そのことをヨーデンの過激派が聞きつけたらしい。それで、そんな生温いことをしていないでとっとと攫ってしまえばいいと強硬手段に出たらしい」

兄のその言葉を聞いて、ラティナは血の気が引いた。

「ゆ、誘拐するってこと⁉」

「それだけじゃない」

「え？」

アールスハイドの英雄であるシンの息子シルベスタを誘拐しようと企(たくら)むだけでも大きな国際問題になりそうなのに、それ以外にもまだなにかあるという。

一体なにが？

と思っていると、兄は、ますます青い顔をして話し出した。

「シルバー様の恋人を害して、無理矢理攫おうとしているらしいんだ……」

「は？」

ラティナは一瞬、兄がなにを言っているのか理解できなかった。

その意味がようやく理解できたとき、ラティナは、思いきり叫んだ。

「はあああっ⁉」

シルベスタの恋人とは、つまりオクタヴィアのことだ。

ヨーデンの過激派は、オクタヴィア王女を害してシルベスタをヨーデンに攫おうと画策していることになる。

「そ、そんなの！　もし実行したら戦争になるに決まってるじゃない‼」

「分かってるよ‼　でも、俺たちはシルバー様の恋人の名前を濁した！　その結果、過激派はシルバー様の恋人が王女様だなんて知らないんだよ‼」

「そ、そんな‼　どうするのよ‼」

ラティナは、兄と一緒に頭を抱えてしまった。

もし、アールスハイドと戦争になれば、ヨーデンに勝機は一切ない。

魔道具の技術力も魔法の技術力も、圧倒的にアールスハイドの方が上。

それに、ヨーデンとアールスハイドの間にある海を渡ることができるのはアールスハイドの船舶と飛行艇のみ。

ヨーデンからアールスハイドに攻め込むことすらできないのだ。

そこまで考えて、ラティナはふと思った。

「ああ、なら過激派を国内に押しとどめておけばいいじゃない。ヨーデンの船じゃアールスハイドには辿り着けないんだからさ」

そう、そうなのだ。

いくら過激派がオクタヴィアの暗殺とシルベスタの誘拐を企（たくら）んだとしても、そもそもアールスハイドに来ることすらできないではないか。

取り越し苦労だったかと額の汗をぬぐったラティナだったが、兄の顔色は依然（いぜん）優れない。

どうしたのか？　と思ったが、すぐにラティナは思い至った。

「……お兄ちゃん。まだ話してないことがあるでしょう？」

「……」

「お兄ちゃん！」

「……この前、アールスハイドからの要望でカカオの大量購入があったのは知っているか？」

「え？　ああ、うん。カカオのことを殿下に教えたのは私だから」

ラティナがそう言うと、兄はラティナを睨んだ。

「な、なによ？」

「……いや、アールスハイドが喜ぶ交易品を紹介してくれて感謝すべきところなのに、つい余計なことを思ってしまった。スマン、お前を恨むのは筋違いだ」

「だから、なんなのよ！」

「その、カカオを大量に詰んだアールスハイドの交易船がつい先日ヨーデンを出発した」

「それが……」

どうした？　と言おうとして、ラティナも気付いた。

「ま、まさか……」

「そのカカオの交易船の中に、過激派の連中が紛れ込んでいるらしい」

兄のその言葉を聞いて、ラティナは倒れそうになった。

「それって……いつ頃到着するの？」

「担当者の話だと、来週には到着するらしい」

「来週……もうすぐじゃない」

「なんとか、水際で捕縛するつもりだが……万が一もある。ラティナも気を付けておいてくれ」

「気を付けろって……」

まさか、オクタヴィアにヨーデンから暗殺者がくるから気を付けろとも言えないし、シルベスタが狙われていることを告げれば、なぜなのかを説明しないといけない。すべて、ラティナたち兄妹が勝手に動き回った結果、二人に多大な迷惑をかけようとしているのだ。

とてもではないが、二人に言うことなどできず、どうにか交易船が到着した時点で過激派が捕縛されることを祈るしかなかった。

◇第四章◇　進む関係と不穏の芽

「いやあ、いよいよ夏季休暇だねえ！」

高等魔法学院に入学して早三ヶ月、学院はもうすぐ夏季休暇に入る。

学院で魔法の訓練をすることも有意義だけど、夏季休暇を満喫(まんきつ)して遊ぶことも有意義なのだ！

というわけで、私は早速夏季休暇の予定を組むことにした。

「ねえ、デビー、レティ、ラティナさん。夏季休暇ってなんか予定ある？」

私がそう訊(たず)ねると、三人は首を横に振った。

「別に、なにも予定はないよ。入学した当初は夏季休暇は魔物狩りのバイトでもしようかと思ってたんだけど、マックス君のお陰でお母さんの給料があがったからその必要もなくなったしね」

ほうほう、デビーは予定なしと。

「私は、治療院にボランティアに行こうかと思っていました。治療院の治癒魔法士はシシリー様のお弟子さんみたいなものですし、私も勉強しようかと」

「私も、レティさんに誘われて治療院に行こうかと思っていました」

ふむふむ、レティとラティナさんは治療院に治癒魔法の訓練も兼ねたボランティアと。

「ハリー君とデビット君は？」

私がそう声をかけると、なぜかマックスが答えた。

「そっちは俺が誘った」

「あ、そうなんだ」

なら、この三人だけに話せばいいか。

「誘ったって、なに？」

デビーが訝し気な顔をしているけど、別に悪い話じゃないよ。

「えっとね。私たち、毎年夏季休暇はリッテンハイムリゾートに遊びに行ってるんだけど、今年はデビーたちも一緒に来ないかなっ「「行く!!　行きます!!」」て思ったんだけど、おっけー、二人は参加ね」

デビーとレティは、私の話の途中に被せてくるように了解の返事をした。

まあ、リッテンハイムリゾートといえば、風光明媚な土地故に結構な宿泊費用が掛かるにもかかわらず、毎年予約を取ることすら困難という、アールスハイド国民憧れのリゾート地。

そこに招待されたのだから、アールスハイド国民なら即答間違いなしだろう。

「ラティナさんも、参加でいいよね？」

「え？　えっと……」

「ママも行くよ？」

「行きます！」

ラティナさんはリッテンハイムリゾートのことを知らないと思うから、ママで釣ってみたら、見事に釣れた。

ここしばらく明るくなっていたラティナさんが、またちょっと悩んでいる様子を見せていたので心配していたのだ。

そういうときは、リゾート地で遊んでとりあえず悩みを忘れてしまうに限るよね！

根本的な解決にはなってないけども！

それはともかく、リッテンハイムリゾートに行くなら、まずはしなくちゃいけないことがあるよね。

「ってことで今日さ、皆で水着買いに行かない？」

「あら、いいですわね」

私の提案に、ヴィアちゃんが真っ先に同意してくれた。

「あー、水着かあ……」

「ちょっと、今のお小遣いだと……」

デビーとレティがお金の面で二の足を踏んでいるので、私は救いの手を差し伸べた。

「今回誘ったのは私だからさ、水着の代金はウチで持つよ」

「「いいの⁉」」

「いいよ。パパもママもそうしなさいって言ってたから」

最初はどうしようかと戸惑っていた二人だけど、パパとママのお墨付きがあると知ると、すぐに私に頭を下げた。

「「ありがとう！」」

「どういたしまして」

いやあ、良いことをしたら気持ちがいいね。

……これこそ親の財力によるものだけども。

「はあ、水着なんて初めて買うわ」

「私もです」

デビーとレティは水着買うの始めてか。

そういえば、夏に水辺で遊ぶとなると王都では川遊びくらいしかないから、わざわざ水着を買って遊ぶなんてことは海に行かないとしないよね。

二人は初めてか。なら私がちゃんと見立ててやらないとね！

と使命感に燃えていると、ラティィナさんがおずおずと手をあげた。

「はい、なんでしょうかラティィナさん」

私が指名すると、ラティィナさんは困った顔をしながら言った。

「あの、みずぎ？　ってなんでしょう？」

『え？』

ラティィナさんの言葉に、教室中が同じ気持ちになった。

「え？　ラティィナさんって、暖かい国の出身よね？」

「海で泳いだりしないの？」

私とデビーがそう訊ねると、ラティィナさんは小首を傾げながら言った。

「海ですか？　私たちは普段から薄着なので、そのまま入りますね」

「普段から薄着！」

その言葉に、男子たちの耳が大きくなったのを見逃さないよ！

「あ、もしかして、みずぎとは水に入るときに着る服なのですか？」

「うん、そうなんだけど。はあ、こういうところにも文化の違いって出るんだね」

「そうですねえ。私も、まさか海に入るのにわざわざ着替えるとは思いもしませんでした」

そんな異文化交流をしながら今日の予定を決めていく。

今日の買い物は女子だけ。

さすがに、女子の水着を買いに行くのに付いて行きたいっていう剛の者はいなかったよ。


というわけで、やってきました『ハーグ商会』。

ここもウォルフォード家と関わりの深い商会だ。

元々はひいお婆ちゃんの作る魔道具の販売で大きな利益をあげ、それを元に色々な事業を手掛けて大きくなったんだそうだ。

そうして、今や世界各国に支店が存在する、アールスハイド一の大商会になったんだけど、そもそも商会が大きくなる要因がひいお婆ちゃんの魔道具だったので、今でもウォルフォード家の恩を忘れておらず、私たちが行くと物凄く歓待してくれるのだ。

今日も私たちが行くことは事前に知らせていたので、店を貸し切りにして会頭自らが出迎えてくれた。

「いらっしゃいませ、オクタヴィア王女殿下。ご来店をお待ちしておりました」

「今日はお世話になりますわ、コリン会頭。でも、今日はプライベートですので、いつものように接していただけるとありがたいですわ」

まあ、王族が来店したら真っ先に挨拶するよね。

けど、実はコリン会頭と私たちは、ある事柄において共通点がある。

「そうですか？　ならいつも通りで。シャルちゃんもいらっしゃい。ゆっくりしていってね」

「はーい！　ありがとうコリンさん！」

私たちを出迎えてくれたのは、ハーグ商会の現会頭、コリン＝ハーグさん。

まだ二十代後半なんだけど、このアールスハイド一大きい商会の会頭を前会頭であるトムさんからすでに引き継いでいる超やり手だ。

そんなコリンさんと気安くやり取りしている私に、デビーが目を丸くしていた。

「……さすがウォルフォードの娘ね。ハーグ商会とも親しいのか……」

デビーがそう呟くと、それを聞いたコリンさんが「ふふ」と微笑んだ。

「まあ、確かにハーグ商会とウォルフォード家は繋がりが深いんだけどね、僕とシャルちゃんたちは、また別の繋がりがあるんだよ」

「別の繋がり、ですか？」

なんのことか分からないレティが首を傾げると、コリンさんは茶目っ気たっぷりにウインクしながら言った。

「そう。シン様の直弟子っていうね」

「え⁉　世界に名だたるハーグ商会の会頭がシン様の直弟子だったんですか⁉」

デビーが驚いて大きな声をあげると、コリンさんは悪戯(いたずら)が成功したように「はは」と笑った。

こういうところが魅力的なんだよなあ、この人。

「そう、僕と妻がね、メイ姫……もう臣籍降下(しんせきこうか)したからメイ様だね。その方と親しくさせていただいていて、その縁でシン様から魔法を教えてもらっていたんだ」

「「メイ様？」」

デビーとレティは知らないみたいなので、ヴィアちゃんが説明した。

「私のお父様の妹。叔母様(おばさま)ですわ」

「「殿下の叔母様⁉ お姫様だ‼」」

「あはは。そうか、君たちの世代だともう知らないのか。陛下の妹君であらせられるメイ様は、それはそれはお転婆(てんば)なお姫様でね。今もアルティメット・マジシャンズでエースをやってるんだよ」

「「「ええっ⁉」」」

これにはラティナさんも含めて驚いたようだ。

メイお姉ちゃんが隣国スイードの王子様と結婚して、王族を抜けてアールスハイドの公爵になったのが十年くらい前だったかな？

私たちは初等学院に入学するかしないかくらいのときだから、デビーたちが知らなくても不思議じゃない。

コリンさんとは、そういう色んな意味で繋がりがあるのだ。

「さて、今日は女の子たちの水着選びってことだったから、僕はここまでにするね。あとは……お願いしていいかい？」

コリンさんは、ずっと後ろで待機していた女性に声をかけた。

「ええ。分かりましたわ、あなた。あとは任せて」

「まかせて！」

その女性……コリンさんの奥さんであるアグネスさんと、その足元に控えていたコリンさんとアグネスさんの娘であるウェンディちゃんが元気よく答えてくれた。

「わあ、ウェンディちゃん、大きくなったねえ！」

「本当に、しばらく見ない間にレディになりましたね」

私とヴィアちゃんがウェンディちゃんを褒めると、ウェンディちゃんは「えへへ」と嬉しそうに身体をクネクネさせた。

「それじゃあ、あとは女性陣に任せるから、なにかあったら呼んでね」

「ええ。分かったわ」

そうしてコリンさんはアグネスさんの頬にキスをして颯爽と立ち去ってしまった。

「相変わらず、格好いいですわね、コリンさん」

「ふふ、そうでしょう？」

ヴィアちゃんの賛辞に、嬉しそうにするアグネスさん。

相手は王女殿下なんだけど、なんせアグネスさんは初等学院のときから高等学院卒業までメイお姉ちゃんという型破りな王女様の面倒を見ていたという女傑。

今更ただの王女であるヴィアちゃんに気後れしたりしない。

っていうか、なんならメイお姉ちゃんと一緒にヴィアちゃんの面倒も見ていたくらいなので、ヴィアちゃんはアグネスさんに頭が上がらなかったりする。

血は繋がってないけど、ヴィアちゃんのお姉さん的存在なのだ。

そんなお姉さんに自慢されて、ちょっとイラッとしたのかヴィアちゃんも反撃に出た。

「ま、まあ？　私ももうじきアグネス姉さまと同じ立場になりますので？　別に羨ましくなんてありませんけれど？」

ヴィアちゃんがそう言うと、アグネスさんはヴィアちゃんに詰め寄ってその両手を握りしめた。

「まあ！　まあまあまあっ！　いよいよ!?　いよいよシルバーちゃんとお付き合いすることになったのね!?　そうなのね!?」

「ちょっ！　落ち着いて！　姉さま落ち着いてぇっ!!」

「あら、ごめんなさい。私としたことが」

アグネスさんは「おほほ」とか言いながらヴィアちゃんから離れるが、その目には『詳細希望！』と大きく書かれていた。

しょうがないので、私が説明してあげた。

「もうすぐ、そうなる、予定、です」

私がそう言うと、アグネスさんの顔から「スン」って表情が抜け落ちた。

「殿下」

「は、はい！」

「王族ともあろう御方が、嘘を吐くとは何事ですか‼」

「ひいっ！　ご、ごめんなさい！」

「まったく、貴女が言うと嘘でも本当になってしまうことがあるのですからね！　お気を付けなさいませ！」

「はいぃっ！」

わお、さすがに幼いころからヴィアちゃんの面倒を見ていただけのことはある。

ヴィアちゃんに物怖（ものお）じしないどころかお説教できる人なんて、アールスハイドにはそうそういないよ。

「はぁ……アグネス様、相変わらず素敵ですわ」

アグネスさんは元伯爵令嬢ということで、アリーシャちゃんと同じ立場だった人。

それなのに王族にお説教ができるということで、アリーシャちゃんから絶大な尊敬を受けている。

崇拝されていると言ってもいいかも。

そんなやり取りをしていると私のスカートが引っ張られた。

「ねえ、水着見るんじゃなかったの？」

ウェンディちゃんの呆れた眼差しを受けてしまった私たちは、慌てて水着選びを始めることになった。

十歳の幼女が、この中で一番まともだったよ……。

皆でワイワイと水着を選んでから数日後、学院は夏季休暇を迎えた。

夏季休暇に入った初日、ウォルフォード家にはデビーとレティが家族を連れて訪れていた。

デビーのところはお母さんと、レティは両親と弟と一緒だった。

皆、初めて来る家だからか緊張していたけど、リッテンハイムリゾートに行けば緊張も解れるだろう。

最初は家族と一緒に行くことをデビーもレティも拒否していた。

ただでさえ旅費等を全額負担してもらうのに、家族まで同行させるなんて図々しくてできないと言われたのだ。

でも、他は皆家族同伴なので、デビーとレティだけ家族を呼ばないのは可哀想だとなんとか説得し、同行してもらうことができた。

ラティナさんは、お兄さんが同じ使節団にいるんだけど、残念ながら仕事を抜けられなくて一緒に来ていない。

なので、唯一単独での参加だ。

ここに、私たちの親戚であるクロード子爵家の面々が揃った時点でリッテンハイムリゾートにゲートで向かう。

実は、アリス伯母さんもゲートは使えるんだけど「親戚は一緒に行動しなくちゃ！」という謎の行動原理によって、いつも親戚一同が揃ってからの移動となっている。

従兄弟のスコールなんて「なんで一回ゲートでここに来て、またゲートでリッテンハイムリゾートに行かなきゃいけないのか意味が分からない」って本気で悩んでいた。というか現在進行形で悩んでいる。

だって、直接行けるものね。

まあ、多分伯母さんのこだわりかなんかなんでしょ？

答えなんてないから悩むだけ無駄だって言ってるのに、いつも首を傾げている。

こうしてリッテンハイムリゾートに到着した私たちは、まず毎年私たちを招待してくれるリッテンハイム侯爵に挨拶をする。

今の侯爵様はパパの仲間のユリウスさんで、彼も英雄の一人。

本当に魔法使い？　っていうムキムキマッチョな人。

ユリウスさんを見るたび「魔法使いって一体……」っていう謎の葛藤に苛まれる。

そして、侯爵様に挨拶をしたあとは、各家族に割り振られたコテージに向かう。

途中でクロード家とウォルフォード家で別れるのでアリス伯母さんたちと別れた私たちは、ウォルフォード家に割り振られたコテージに向かう。

すると、そのコテージの前に人がいた。

「……なにしてんの？　ヴィアちゃん」

「なにって、シャルが来るのを待っていたのですわ」

なぜかコテージの前で待っていたヴィアちゃんは、そう言ったあとキョロキョロと周りを見回した。

「……お兄ちゃんならいないよ」

「はあっ⁉」

ここには、私とショーンとママしかいない。

パパとお兄ちゃんは、今日同行しなかったのだ。

「ど、どういうことですのっ⁉」

「どうもこうも、仕事だよ」

お兄ちゃんも、去年までは学生だったから初日から参加していたけど、今年はもう社会人。

仕事の都合で初日から参加できないことだってありえるでしょ。

っていうか、それが起きてる。

「そもそも、そっちもオーグおじさんとエリーおばさんは？」

「お母様は一緒に来ていますが、お父様はお仕事です。夜に来るそうですわ」

「ヴィアちゃんとこも一緒じゃん。諦めなよ」

「ぐぬぬぬ……せっかく、シルバーお兄様に私の水着姿を見せて悩殺しようと思っていましたのに！」

「あぁ……結構際どいの選んでたもんなあ……」

「あ、ぼ、僕、着替えて皆のところに行くね！」

私がヴィアちゃんとしょうもない話をしていたら、水着の話の辺りで恥ずかしくなったのかショーンがさっさとコテージに入ってしまった。

中等学院生には、ちょっと刺激が強すぎたかな？

「……シャル？　ヴィアちゃん？」

ショーンのことを微笑ましいものを見る目で見ていたら、後ろから底冷えする声が聞

「はい！　分かりました！　すみません！」」

「ショーンは、まだ中等学院一年生ですよ？　揶揄うのもいい加減にしなさい」

「「はい!!」」

こえてきた。


「まったく、水着で相手を悩殺なんて、本当にエリーさんに似ていますね、ヴィアちゃんは」

「え？　お母様？」

「ええ、エリーさんも、高等学院時代に陛下と海に来たときは、それは際どい水着を着られまして、陛下を悩殺しようと……」

「あ、あれは!!　アリスさんとリンさんに着せられたんですわよ!!」

「わっ！　ビックリした！」

ママがエリーおばさんの過去の話をしだしたら、どこから現れたのかエリーおばさんが話に割り込んできた。

「ちょっとシシリーさん！　少し目を離した隙に、ヴィアになんてことを吹き込んでいますの!?」

「ええ？　だって、事実……」

「シシリーさん！　もしそれ以上仰るようなら、シシリーさんの恥ずかしい話をシャルにしますわよ⁉」

「……」

「……」

ママとエリーおばさんの母二人は、しばらく見つめ合ったあと、なぜかガッチリと握手をした。

私たちは、一体なにを見せられているんだろう……？

「そうですね。夏は開放的になって、ちょっぴり羽目を外してしまうものですものね」

「ええ、そうですわ」

ニコニコ笑ってそう言うママとエリーおばさん。

一体、過去の夏になにが……。

気になるけど、教えてくれないんだろうなあ。

「まあいいや。ヴィアちゃん、着替えて海行こうよ」

「そうですわね。シルバーお兄様がいないのなら、普通の水着にしますわ」

「そうして」

今日は中等学院一年生も一杯いるし、同級生の男子もいるんだから是非そうしてください。

ということで、水着に着替えた私たちはビーチに集合した。

こうして見ると……子供だけで凄い人数だな。

まず、私たち高等魔法学院生の十人。

ショーンやスコールたち中等学院一年生組の八人。

あと、さらにその下の弟妹たち。レティの弟もここに入る。

総勢二十人以上。

お兄ちゃんは、これを全部面倒みていたのか……。

「こうして見ると、シルバーさんがいかに偉大だったのか分かりますね……」

集まった子供たちを見て、レティがしみじみとそう言った。

「だから言ったじゃん、シルバー兄は凄いって」

マックスが改めてそう言うと、デビーも同意した。

「言葉だけじゃ想像できてなかったというか、実際見ると凄い人数なのが分かるから、余計に尊敬するわ」

「ふふん」

デビーの賛辞に、なぜか胸を張るヴィアちゃん。

「まあ、今日はそのお兄ちゃんは仕事でいないんだけどね」

私がそう言うと『えぇぇ～っ‼』と弟妹たちから文句を言われた。

「お兄ちゃんはもう仕事してんの！　もう学生じゃないんだから、いつでも遊んでもらえるなんて思ったら大間違いなんだからね！」

それでもブーブー言うチビッ子たちを私たち年長組で構い倒してやった。

具体的には、マジカルバレーでけちょんけちょんにした。

「シャル姉、大人げない！」

「おーほっほっほ！　負け犬の言葉なんて聞こえませんことよ！」

負けて涙目になっている従兄弟のスコールを、わざと悪女ぶって煽ってやったら、全員からスパイクされた。

全員同時攻撃はズルイ！

っていうか、レインとデビーも交じってなかった⁉

そんなこんなで全力で遊びまくっていると、いつの間にか日が落ちかけていた。

「もう日も暮れるし、コテージに帰って夕食の準備しようか。今日は初日だから、全員揃ってのバーベキューだぞ！」

『おおーっ‼』

チビッ子たちも毎年来ているから、初日は全員揃ってバーベキューをするのが定番になっていることを知っている。

なのでシャワーを浴びにコテージに帰ってきた私たちは、部屋の中に人がいることに気付いた。

「ん？　ああ、お帰り。今からシャワーか？」

部屋にいたのはパパとお兄ちゃんだった。

仕事終わりのせいか、二人ともアルティメット・マジシャンズの制服を着ている。

「うん。ビーチで遊んでたから砂だらけになっちゃった」

「じゃあ、早くシャワー浴びといで」

「あれ？　ママは？」

「とっくにシャワー浴びて夕食の準備に行ったよ。ママたちは忙しいんだから」

ママの姿が見えないと思ったら、いつの間にか戻ってシャワーを浴びてバーベキューの準備に向かったらしい。

「大人は大変だなあ、遊べないし」

私がそう言うと、パパが笑い声をあげた。

「大人は、ここにのんびりしに来てるんだよ。だから、全力で遊ばなくてものんびりできればいいんだよ」

「そんなもん？」

「そんなもんさ」

「僕も、その気持ち分かるなあ」

私とパパが話していると、お兄ちゃんが会話に参加してきた。

「なによう、大人ぶって」

「実際、もう仕事してるからね」

「はは、シャルも仕事をするようになれば分かるさ。ほら、シャワー行っといで」

「はぁい」

私はパパに促されてシャワーを浴びた。

私と入れ替わりに、ショーンとパパとお兄ちゃんもシャワーを浴び、リゾート地に相応(ふさわ)しい恰好(かっこう)に着替えてからバーベキュー会場であるビーチに向かった。

そこは、すでに大勢の人で溢(あふ)れていた。

「おー、やってるね」

パパがバーベキュー会場を見回してそう言うと、パパに気付いた人たちが次々に声をかけてきた。

一緒にやってきたパパが人に飲み込まれてしまったので、私たちは子供組だけでバーベキューを楽しむことにする。

すると、当然のようにお兄ちゃんを見つけて駆け寄ってきた人物がいる。

「シルバー様！　このお肉、丁度焼きあがっておりますわ！」

目ざとくお兄ちゃんを見つけたヴィアちゃんが、串に刺さった肉を片手に持って走ってきた。

……バーベキュー串を持って走ってくる王女様……。

絵面、メッチャ笑える。

私が必死に笑いを堪えているうちに、ヴィアちゃんはお兄ちゃんに串を渡していた。

「わざわざありがとう、ヴィアちゃん」

「いえいえ」

お兄ちゃんにお礼を言われてニコニコしているヴィアちゃんだけど、あの、ここには私もショーンもいるんですけど？

「ヴィアお姉ちゃん、僕には？」

私と同じように串を貰えなかったショーンが、ヴィアちゃんに訊ねているけど、ヴィアちゃんは首を傾げてどっかを指差した。

「ショーンの好きな串なら、あっちにありましたわよ？」

「……はぁ、ヴィアお姉ちゃんはそうだよね……」

「姉様になにを期待しているんだ、ショーン。姉様が優しくするのはシルバーお兄様だけに決まってるじゃないか」

「だよね。知ってた」

ヴィアちゃんの後ろから現れたノヴァ君と共に、ヴィアちゃんが指差したコンロに向かうショーン。

まあ、ヴィアちゃんもショーンの好きな串を把握している辺り、別に蔑ろにしているわけじゃないんだけど、如何せん世話を焼くのはお兄ちゃん限定なのだ。

目当てのコンロに向かう途中でノヴァ君は何かに気付き、バッとヴィアちゃんを見た。

「？」

急に弟に見られたヴィアちゃんは、首を傾げてノヴァ君を見ている。

そのノヴァ君は、ショーンに向かって口をハクハクさせた。

ショーンが徐に頷いたことで、ノヴァ君は改めてヴィアちゃんを見て、納得したように何回か頷き、ショーンと連れ立って歩いて行った。

そんな二人を、ヴィアちゃんは不思議そうな顔で見ていた。

「ノヴァとショーンはどうしたのでしょうか？」

「肉を取りに行っただけだよ」

一々説明するのも面倒臭かったので、適当なことを言っておいた。

「そうですか。それよりシルバー様、他に食べたいものはありませんか？　あ、お飲み物取ってきますね！」

「いや、それは僕が取ってくるから、ヴィアちゃんもちゃんと食べないとダメだよ？」

「はふ……シルバー様、優しい……」

そう言ってイチャイチャするヴィアちゃんとお兄ちゃん。

そんな二人を、周りも興味深そうに見守っている。

そりゃあねえ。

ついこの間までお兄ちゃんのことを「シルバーお兄様」って言っていたのに、今日は「シルバー様」だもんな。

二人の仲が進展したのかと、興味深く見られるに決まってるよ。

そうやってイチャイチャする二人を見ながら私も食事をとっていると、パパとママが近付いてきた。

途中でショーンにも声をかけたらしく、ウォルフォード家が集合した。

「あれ？　どうしたの？　パパ、ママ」

「うん、実は、シルバー」

「え？　なに、父さん」

「ほら」

パパはお兄ちゃんに声をかけたあと、コップを手渡した。

「えっと、これって、お酒？」

「ああ、今日はシルバーと乾杯しようと思ってな」

「……そんな大袈裟(おおげさ)な」

「大袈裟じゃないさ。なにせ……」

パパはそう言うと、ニヤッと笑った。

「シルバーが初めて一人で依頼を受けて完遂した記念なんだからな」

パパがそう言うと、ママもニコニコした顔で頷いていた。

ってていうか、ちょっと待って！

「お兄ちゃん！　とうとう一人で依頼を受けさせてもらったの⁉」

「わあ、すごい！」

アルティメット・マジシャンズにおいて一番重要な仕事は、民衆からの依頼をこなすこと。

それがこなせないとアルティメット・マジシャンズの一員とは認められないし、入団した意味がない。

魔法師団に出向することで満足しているなら、魔法師団に入ればいいのだ。

なので、お兄ちゃんはまずアルティメット・マジシャンズで依頼を受けられるようになることを目標としていた。

それが、今日達成されたらしい。

「ぐぬぬ！」

「あれ？　なんでシャルはそんな悔しそうな顔をしてるの？」

「だって！　お兄ちゃんがどんどん先に行っちゃうから‼」

私がそう言うと、お兄ちゃんだけじゃなく、パパやママ、ショーンまで笑った。

「な、なによう！」

「まあまあ、焦るなって。シャルはまだ学生なんだから、今はゆっくり実力をつけていけばいいのさ」

「そうですよ、シャル。今はお兄ちゃんのことをお祝いしてあげなさい」

「ほらお姉ちゃん、乾杯用のジュース」

「もう、分かったわよ」

ショーンからジュースを貰った私は、乾杯の準備をしようとしてふと気付いた。

さっきから、お兄ちゃんのことに関しては異常にうるさいヴィアちゃんが一言も発言してなくない？

そう思ってヴィアちゃんを見ると……ヴィアちゃんはなぜか顔を赤くし、モジモジしていた。

「え？　あれ？　ショーン、ヴィアちゃんに渡したのってジュースか？　お酒じゃないよな？」

「うそ⁉　ジュースを渡したはずだよ！」

ショーンは慌ててヴィアちゃんが持っているグラスを手に取り、匂いを嗅いでいる。

「やっぱりジュースだった」

その報告を受けて、パパはホッとした顔をした。

「えっと、じゃあ、なんでヴィアちゃんはこんな真っ赤なんだ？」

「さあ？」

どういうことか分からずに、パパとショーンと顔を見合わせて首を傾げる。

なんだ？

「あ、あの！　ともかく、シルバー様のお祝いをしませんか？」

「ああ、そうだった！　じゃあシルバー、初依頼達成、おめでとう！」

『おめでとう！』

「ありがとう！」

私たちからお祝いされたお兄ちゃんは、手に持ったお酒を口にした。

お酒を一口飲んで微笑んだお兄ちゃんは、なんだか急に大人になったように見えた。

「いやあ、あの小さかったシルバーがこんな立派になってなあ」

「ええ、本当に……」

パパとママはお兄ちゃんが初依頼を達成したことが相当嬉しかったのか、乾杯をしたあともずっとお酒を飲んでいる。

そして昔のことを思い出しながら、時折遠い目をしている。

そんな二人にいたたまれなくなったのか、お兄ちゃんが「席移動しようか」と私たちに声をかけ、移動することにした。

「ふぅ、子供の頃のことを肴にお酒を飲むのは勘弁してほしいなあ」

そう言って苦笑するお兄ちゃんの顔は、照れているせいか、さっきお酒を飲んだせいか大分赤かった。

「お兄ちゃん、顔赤いけど大丈夫？」

「ん？　そうだなあ、さっきちょっと一気に飲みすぎたかもしれない」

「え⁉」

お兄ちゃんの言葉に一番驚いたのはヴィアちゃんだ。

「だ、大丈夫なのですか⁉　苦しくないですか⁉　どこかでお休みになりますか⁉」

ヴィアちゃんが珍しくアタフタしながらお兄ちゃんを気遣っていた。

「んー、あー、そうだなあ、ちょっと静かで風通しのいいところに行きたいかな？」

お兄ちゃんがそう言うってことは、結構酔ってるんじゃないの？

っていうか、お兄ちゃんがどれだけお酒飲めるのか知らないけどさ。

「じゃ、じゃあ、少し離れたビーチに行きましょう！　そこなら風通しもいいですし、この喧噪も届きませんから」

ヴィアちゃんはそう言うと、お兄ちゃんの腕を取ってビーチに向かって歩き出した。

私は、ショーンと顔を見合わせたあとヴィアちゃんに声をかける。

「あー、私たちはここにいるからさ、ヴィアちゃん、お兄ちゃんのことよろしくね」

せっかく二人きりになれるチャンス。

ここは、幼馴染みとして協力してあげようじゃありませんか。

「ええ、分かりました。さ、シルバー様、行きましょう」

そう言って、二人並んで歩き出した。

遠ざかっていく二人を見送ったあと、私はショーンに声をかけた。

「よし。二人を尾行するわよ！」

「はあっ⁉　なに言ってんの、お姉ちゃん！　趣味悪いよ！」

「ち、違うわよ！　私は、ヴィアちゃんのことが心配だから見守ってあげようと」

「この場合、心配するのはお兄ちゃんだよね？」

「おふ……」

二人の様子をコッソリ覗こうとしたのが、ショーンにはバレバレだったようだ。

ショーンは、私をしばらく見つめたあと、フッと息を吐いた。

「実は、僕も気になってたから、様子を見に行こうか？」

「だよね！　よし！　それじゃあ……」

「あれ、シャルさん、どこに行くんですか？」

ショーンと一緒にヴィアちゃんのあとを追いかけようとしたところで、ラティナさんから声をかけられた。

周りには、ラティナさんだけでなく同級生たちの姿も見える。

「え、ああ、今ヴィアちゃんとお兄ちゃんが二人でビーチにいるから様子を見に行こうかと」

私がそう言うと、マックスたち幼馴染みズは滅茶苦茶興味を示した。

「マジで？　俺も行きたい」

「俺も」

「ええ？　覗きなんて趣味が悪いですわよ？」

唯一アリーシャちゃんだけが眉を顰めたけど、その態度も次に現れた人物の言葉によって簡単に覆された。

「ほう。ヴィアめ、ようやく覚悟を決めたか」

「覚悟を決めたのはシルバーちゃんじゃなくて？」

王様と王妃様だった。

「へ、陛下⁉　妃殿下まで⁉　その、ヴィア様の一大事を覗いてよろしいのですか？」

アリーシャちゃんの疑問に、オーグおじさんは首を傾げた。

「ヴィアは私の娘だ。その行く末を見守る義務がある」

「同じく」

「え、あ、はぁ」

オーグおじさんとエリーおばさんの説明が意味不明すぎて、アリーシャちゃんが混乱している。

「まったく、お前ら、俺らのこと覗いてたときも同じようなこと言ってたよな？」

「あれは恥ずかしかったですわ……」

混乱しているアリーシャちゃんの後ろから、呆れた顔をしたパパと恥ずかしそうな顔をしたママが現れた。

え、え、なんかどんどん人数が増えていってるんですけど⁉

「なんだ、シンは行かないのか？」

「行くよ！　息子の一大事だよ！」

「なら早く行くぞ。シャル、二人はどこに行った？」

「え？　えっと、あっちのビーチ」

「ふむ、なら近くに身を潜められる木が植えられているな。それでは、総員、気付かれないように動くぞ」

『はっ！』

国王陛下の号令のもと、臣下たちが声を揃えて返事をし、組織立って行動し始めた。

「な、なんか、滅茶苦茶大事（おおごと）になってきた気がする！」

「ど、どうしようお姉ちゃん！」

ショーンと二人でオロオロしていると、オーグおじさんが私に近付いてきた。

「ん？　どうした、シャル。シャルはヴィアの親友でシルバーの妹なのだろう？　一番見守る義務があると思うのだが？」

「だよね！　よし、行くよショーン！」

「はぁ、はいはい」

こうして、私たちはヴィアちゃんとお兄ちゃんのあとを追い、ビーチに向かった。

◆

少し酔ったシルベスタに寄り添いながら、オクタヴィアはビーチに向かって歩いていた。

もう大分離れたのか、バーベキュー会場の喧噪はかなり小さくなっている。

「ふぅ、ごめんね、ヴィアちゃん。まさか、こんなに酔うとは思わなかった」

「い、いえ！　全然迷惑なんかじゃありませんわ！　むしろ、介抱させていただいてありがとうございます！」

真っ赤な顔をしてちょっと頓珍漢なことを言うオクタヴィアに、シルベスタは思わず吹き出してしまった。

「はは、介抱する方がお礼を言ってどうするのさ？」

「え？　でも、嘘偽りない気持ちですわ」

本気で分からないという顔をして首を傾げるオクタヴィア。

そんなオクタヴィアを見て、シルベスタは思わず頭を撫でた。

「ありがとうな、ヴィアちゃん」

「はぅあっ！」

シルベスタに頭を撫でられたオクタヴィアは、さらに真っ赤な顔になってしまった。

これでは、どっちがお酒に酔っているのか分からない状態だ。

「はは、あ、そこにいい感じのベンチがあるから、そこ座ろうか？」

「へぁ？　あ、はい！」

少し意識の飛んでいたオクタヴィアだったが、すぐに目的を思い出し、シルベスタをベンチに座らせた。

自分も横に座ったオクタヴィアは、それからどうしていいのか分からずに、黙り込んでしまう。

シルベスタも、ベンチに座ったあとは、少し酔いを覚まそうと俯いてジッとしていたので、二人の間には沈黙の時間が流れていた。

それから少し時間が経って、自分が落ち着いたことが分かったシルベスタは顔をあげた。

「ヴィアちゃん」

「ひゃっ！　ひゃい！」

緊張でガチガチになっているオクタヴィアを見て、シルベスタはクスッと笑ってしまった。

今更、オクタヴィアの気持ちに気付いていないなんて言えないし、言わない。

幼いころから、ずっと真っすぐに自分に好意を向け続けてくれた女の子。

オクタヴィアが、ずっと自分のことを、幼馴染みのお兄ちゃんではなく、異性として好きなのは分かっていた。

シルベスタも、最初は年下の可愛らしい女の子という認識だったが、オクタヴィアが成長し、どんどん可愛く、綺麗になっていくのを間近で見ていて、心が惹かれなかったわけがない。

これが、普通の幼馴染みであれば、シルベスタが在学中にでも恋人同士に発展していたに違いない。

だが、オクタヴィアは違う。

違うのだ。

「僕はね、ずっと気付いてた。気付いていて、その気持ちを抑え込んでいた」

「……」

いつの日だったか、シャルたちと相談したときに、シルベスタはオクタヴィアのことをなんとも思っていないのではなく、気持ちを抑え込んでいるのではないか？　と推測したことがあった。

まさか、本当に当たっているとは思いもよらず、オクタヴィアは思わず固まってしまった。

「はは。これで僕の勘違いだったらとても恥ずかしい話なんだけど……」

「い、いえ！　勘違いではありませんわ!!」

少し困った顔をしたシルベスタに、オクタヴィアは思わず大きな声で否定した。

「私は！　私はシルバー様が好きです！　大好きです!!　これは幼馴染みのお兄様に抱いている感情ではありません!!　もっと親しくなりたい！　恋人にだってなりたい！　ゆくゆくは……」

「！　は、はい」

「ヴィアちゃん」

「ありがとう。そう言ってくれるのは嬉しいよ。とても……とても嬉しい」

オクタヴィアの言葉を途中で遮って語られたのは、否定とも肯定ともとれる言葉。

どう捉えていいのか分からず、オクタヴィアは不安な気持ちのままシルベスタの次の言葉を待った。

「これが、普通の幼馴染みだったら、僕はもう、ヴィアちゃんの気持ちにも応えていたと思う」

「……」

風向きが怪しい。

これはもしかしたら、哀しい結末を迎えてしまうのではないか？

そんな予感がした。

「ヴィアちゃんは、普通の女の子じゃない。アールスハイド王国第一王女、次期女王候補なんだ」

「‼」

シルベスタの前では、あえて気にしないようにしていた自分の立場。

それを、シルベスタ自身によって突き付けられた。

これは……駄目かもしれない。

そんな思いに捉われたオクタヴィアは、思わず顔を俯かせた。

本当は耳を塞いでしまいたいオクタヴィアだったが、シルベスタはオクタヴィアに構わず話を続けていた。

「僕は、ウォルフォードだ。英雄シン＝ウォルフォードの息子。ヴィアちゃんのお父さんの親友の息子。なら、僕がヴィアちゃんと付き合っても問題ないのかもしれない」

ここに来て急に出てきた希望の言葉に、オクタヴィアは思わず顔をあげた。

そして、顔をあげたオクタヴィアが見たのは、苦しそうな顔をしているシルベスタの姿だった。

「……え」

「ヴィアちゃん、僕はね、ウォルフォードだけど……父さんの息子だけど……血の繋がりはないんだ」

「あ……」

シルベスタがシンの養子であることは有名な話だ。

なにせほとんどの国民が知っている。

シンとシシリーが実の子となんの違いもなくシルベスタを育ててきたことも、国民は皆知っている。

しかし、当の本人は、そのことに負い目を感じているようだった。

「僕はね、父さんと母さんの息子であることを誇りに思ってる。けど、やっぱり二人の子じゃないから、迷惑をかけたくないってずっと思ってた」

「そ、そんなっ」

そんなこと、気にしなくていいのに、と言いかけたが、ウォルフォード家の人間でないオクタヴィアには言えず、言葉を詰まらせてしまった。

「気にしすぎなのは分かってる。けど、どうしても考えてしまう。このまま、ウォルフォード家の、父さんと母さんの権威を笠にきてヴィアちゃんと付き合ってしまったら、僕はきっと後悔する。いつか、ヴィアちゃんに負い目を感じてしまう」

「……」

シルベスタの独白に、オクタヴィアはもうジッと聞き入っている。

口を挟むべきではない。

最後まで聞かなくては。

その結果、たとえどんな結末になろうと。オクタヴィアは覚悟を決めた。

「だからね、僕は、一人前になりたかった。父さんや母さんの庇護や権威がなくても独り立ちできるようになりたかった」

オクタヴィアは、なぜ今、シルベスタがそんな話をするのか、なんとなく予想がついた。

ああ、だから、今日なんだと。

「さっき、父さんが言っていたよね？　今日、僕は初めてアルティメット・マジシャンズの依頼を一人でこなした」

「依頼を任されるようになった。ようやく、一人前になれたんだ」

「……はい」

オクタヴィアの瞳からは、もうすでに涙が零れていた。

「ヴィアちゃん」

「はい」

もう慌てたりしない。

オクタヴィアは、落ち着いてシルベスタと向き合った。

「好きだ。僕と、恋人になってほしい」

「‼」

落ち着いていた、覚悟していた。

けれど、実際に愛しい男性から愛の言葉を紡がれるインパクトは、オクタヴィアが想像していた何倍も破壊力があった。

心の中が、シルベスタで一杯になる。

今までも一杯だったが、今は愛しさが溢れかえっている。

その愛しさが、涙となって、絶え間なく瞳から零れていく。

「……はい。はい。私も、私もシルバー様が好きです。大好きです。愛しております。

こちらこそ、よろしくお願いします」

涙を流しながらも、懸命に笑みを浮かべて返事をするオクタヴィア。

そのいじらしさに我慢できなくなったシルベスタは、オクタヴィアを抱き寄せた。

愛しい人間の腕の中に捉われたオクタヴィアは、今まで感じたことがない多幸感に包まれていた。

「ヴィアちゃん……」

「シルバー様……」

二人の視線が絡まり合い、顔が近付いていった……。

そのときだった。

「「‼」」

急に周囲から殺気が立ち上った。

お互い魔法使いであるシルベスタとオクタヴィアは、咄嗟に顔を離し、周囲を見回した。

「な、なんだ⁉」

「だ、誰です⁉」

そう周りに誰何する二人だったが、殺気を迸らせた者たちは、それにこたえることなく、二人に襲いかかった。

「なっ⁉」

茂みから飛び出してきたのは、黒装束に黒い覆面をした、いかにも怪しい集団だった。

その集団は、身体強化に優れているのか、信じられないスピードで二人に迫ってきた。

そのスピードに驚きながらも、迎え撃とうとしたシルベスタに、襲撃者たちはあるものを投げつけてきた。

「ちっ！」

暗いビーチでの出来事だったので、何を投げられたのかは分からないが、自分たちを害するものだと判断したシルベスタは、咄嗟に物理障壁を展開した。

投げられたものはそのすぐあとに、障壁にぶつかって阻まれたのだが、足元に落ちたそれを見て、シルベスタは眉を顰めた。

「砂の……ナイフ？」

「はっ！　こ、これは、まさか⁉」

そのナイフを見て、オクタヴィアはあることに気が付いた。

「これは、変成魔法‼」

「変成魔法？」

「ええ、これは、ヨーデンの独自魔法です！」

オクタヴィアがそう叫ぶと、襲撃者たちが明らかに動揺した。

間違いない、彼らは……。

「この人たちは、ヨーデンの人間ですわ‼」

オクタヴィアの叫びに、襲撃者たちは一瞬たじろぐが、すぐに覚悟を決めた。

「バレたのなら仕方がない。元々その予定だったが、女、お前には死んでもらう」

敵対者から直接告げられた殺害宣言。

そのあまりにも非現実的な言葉に、オクタヴィアの身体が硬直する。

だが、ここには、彼女にとって頼もしい人物がいた。

「……誰を殺すって？」

オクタヴィアを殺害すると宣言されたシルベスタは、今までにないほど怒りに心を支配されていた。

それは、昔からずっと一緒にいるオクタヴィアでさえ見たことがない表情だった。

「ヴィアを……僕の恋人を殺すって？　はは、笑えない冗談だね？　それに、もし本気だったとしたら……」

その瞬間、シルベスタの身体から、信じられない量の魔力が噴出した。

そして、シルベスタは、怒りが限界値を突破したのだろうか、恐ろしいほど冷徹な表情で襲撃者たちに告げた。

「……塵も残さないで消し飛ばしてやるよ」

「!! あ、あなたに危害を加えるつもりはない！　私たちの標的はそちらの……」

「黙れ」

襲撃者たちの訳の分からない言い訳に少しだけ怒りが漏れてしまったシルベスタは、今の発言をした襲撃者を、なんらかの魔法……恐らく風の魔法で吹き飛ばした。

幸い、まだ理性は残っているようで、襲撃者が消し炭になることは避けられた。

「聞いていなかったのか？　ヴィアを狙うということが、万死に値すると言っているんだ!!」

今度こそ、襲撃者を消し炭にするつもりで魔法を放とうとするシルベスタ。

そして、とうとう魔法が放たれようとした、そのとき。

「ストーップ！　ストップ！　ストップ!!」

襲撃者とシルベスタの間に、シンが割り込んできた。

必死になってシルベスタを止めようとしたシンだったが、一歩。

本当にあと一歩遅かった。

「あ」

魔法を放とうとしていたシルベスタは、咄嗟に止めることができず、そのまま放ってしまったのだ。

怒りに任せた全力の魔法。

それを、父に向かって放ってしまった！

「と、父さん!!」

シルベスタは、思わず声を上げてしまうが、当のシンは……。

「わっ」

そんな、ちょっとビックリした、くらいの態度で、シルベスタの全力魔法を、障壁で防いでしまった。

それも、その場で全て防いでしまうと余波が周りに広がってしまうので、障壁に少し角度を付けて、魔法が空に向かうように進路の変更まで行っていた。

一瞬の間にそこまで成し遂げてしまったシンに、シルベスタは唖然としてしまい、自分の目指す頂点があまりにも高いことを悟った。

と同時に、さっきまで感じていた怒りが、大分薄まっていることにも気が付いた。

「あ、ご、ごめんなさい、父さん」

「はぁ、まったく。いくらヴィアちゃんが狙われたからって我を忘れすぎだ。犯人を捕らえて背後関係を調査しないといけないのに、消し飛ばしてどうする」

『お前が言うな!!』

怒りで我を忘れたシルベスタに説教するシンに、かつての仲間たちの大合唱が聞こえてきた。

「ん？」

「あ」

シンとシルベスタが振り返ると、シルベスタの魔法で腰を抜かしていた襲撃者たちが、すでに捕縛されていた。

「シシリーが狙われたときは、我を忘れて魔人を殲滅したくせに」

「あぁ、あはは」

呆れ顔のマリアにそう言われたシンは、今自分がシルベスタにした説教は、かつて自分がよく言われていたことだと思い出した。

「まったく、シルバーはパパによく似ていますね。マーリンお爺様とシン君の関係によく似ています」

「え？　母さん？」

シン、マリアに続いて現れた母に、シルベスタは目を丸くする。

そういえば、どうしてこのタイミングでこの人たちは現れたのだろうか？

そう思って周囲を見回すと、襲撃者を取り押さえているのは、シンのかつての仲間たちであることに気が付いた。

「やれやれ、久しぶりにいい運動になったな」

「お父様⁉」

襲撃者の一人を取り押さえているのが、自分の父であり国王であるアウグストであったことに驚いたオクタヴィアが、思わず声を張り上げた。

「っていうか、陛下があんまり前に出ないでくださいよ」

「心臓に悪いで御座る」

襲撃者を捕縛しながら、いい笑顔で汗を拭っているアウグストに、かつての側近であったトールとユリウスが苦言を呈する。

それはまるで学生時代にタイムスリップしたような光景で、シンは懐かしい気持ちになったが、他の面々は違っていた。

「ホントですよー、なにかあったらどうするんですかー」

子爵夫人として普段はお淑やかで優しい雰囲気のアリスが、襲撃犯を取り押さえながらアウグストに軽い調子で文句を言う。

「え？　母様？」

今まで見たことがない母の姿に、息子のスコールは呆然とアリスを見ている。

「あれもアリス。人は、色んな面を持ってる」

「そ、そうなの？　リンおばちゃん」

アリスの親友で、今は高等魔法学院の臨時講師であるリンが、ショックを受けているスコールを諭す。

「やれやれ、いつまで経ってもシンの周りは騒がしいねえ」

「まったくっスね」

アルティメット・マジシャンズの幹部、トニーとマークも、捕らえた襲撃犯を立たせながら懐かしい光景に笑みを浮かべる。

「はいはい。襲撃犯集めてねぇ。魔道具で拘束しちゃうからぁ」

学生時代から周囲に色気を振りまいていたユーリが、大人になってさらに増えた色気を振りまきながら魔道具で襲撃犯たちを縛り上げる。

「周囲にはもう誰もいませんね。襲撃犯はこの人たちだけみたいです」

他に襲撃犯がいないか索敵魔法を使って周囲を警戒していたオリビアが、周囲の安全を確認してアウグストに知らせた。

「そうか。ならこれにて捕縛終了だ。皆ご苦労だった」

『はい！』

アウグストの号令で、あまりにも鮮やかな捕縛劇は幕を下ろした。

それを見ていたシャルロットたちは、自分たちの親世代が、なぜ英雄と言われているのか、初めて目の当たりにした。

「す、すごい……」

シャルロットは、ただ素直にシンたちの動きを見て称賛し、

「……あの母さんが、あんなに冷静に周囲を把握してるなんて……」

普段は、母親としてのオリビアしか見たことがないマックスも、オリビアが英雄の一人として荒事に慣れている様子なのに驚いていた。

他の人たちも、普段は優しいおじさんとおばさんばかりだと思っていたのに、恐ろしい襲撃犯をなんの気負いもなく、まるで赤子の手をひねるように捕縛してしまったのを見て、シャルロットたち高等魔法学院生は、英雄がなぜ英雄と呼ばれているのか、その理由を思い知った。

「私たち、まだまだだね」

「そうだな。俺ももうちょい真面目に特訓するかな」

「そうしなよ。今のままだとオリビアおばさんにも勝てないよ？」

「う……そんなはずないって言いたいけど、今のを見せられると足元にも及ばない気がしてきた……」

シャルロットがマックスとそんな会話をしていると、二人に近付いてくる人影に気が付いた。

「あ、ヴィアちゃん。大丈夫だった？」

「怪我ないか？」

二人にそう訊ねられたオクタヴィアは、ニッコリと笑った。

「ええ『皆さん』のお陰で、かすり傷一つ負っておりませんわ」

オクタヴィアのその言葉を聞いて、シャルロットたちはホッと安堵した。

まさか、このタイミングでオクタヴィアたちを襲撃する者がいるなんて思いもしなかったからだ。

オクタヴィアになにごともなくて良かったと安堵している面々に対して、オクタヴィアは更に笑みを深める。

「ところで」

一仕事終えて晴れ晴れとした顔をしている皆を見据えて、オクタヴィアはさっきから疑問に思っていることを告げた。

「どうして皆さまはこちらにいらっしゃるのかしら？」

それは、さっきシルベスタが抱いた疑問と同じもの。

そして、オクタヴィアはその答えを正確に把握しており、満面の笑みを浮かべていながらも額には青筋が浮かんでいる。

「まさか、覗いていたりしませんわよねえ？」

そう問われた一同は思った。

（ヤバ、超怒ってる）と。

「さて、もう安全になったようだし、戻ってバーベキューの続きをするか」

アウグストが、オクタヴィアを無視し、皆に戻るように促した。

「なっ、お、おとっ」

「それに」

自分のことを無視する父に文句を言おうとしたオクタヴィアは、ジッとこちらを見るアウグストに言葉を遮られた。

少しの間ジッとオクタヴィアを見ていたアウグストだったが、すぐにニヤッと笑って言った。

「今日は我が娘ヴィアの思いが成就した記念日だ。皆で大いに祝ってやろうではないか」

『おおっ‼』

やっぱり、見られていた！

自分の人生で最高の瞬間を、よりにもよって両親や友人知人たち皆に見られていた！

そんな辱めを受けてしまったオクタヴィアは、プルプルと震えたあと、その怒りを爆発させた。

「おとーさまのばかあっ‼」

怒りと共に発動した雷の魔法は、真っすぐにアウグストに向かって行ったが、その魔法はあっけなくアウグスト自身の障壁によって防がれた。

「ふむ。どうやらよく研鑽を積んでいるようだ。これからも精進するようにな」

自分の全力を簡単に防がれたオクタヴィアは、怒りのあまり肩で息をしながらも、自分と父との間にある実力差を思い知らされていた。

それは奇しくも、恋人となったシルベスタと同じ境遇だった。

「やっぱり、オーグおじさんも凄いね」

「むきーっ！　お父様のバカ！　アホ！」

父の凄さを実感しながらも、自分のことを揶揄ってくる父に対して悪態をつくオクタヴィア。

そんなオクタヴィアの頭を慰めるようにポンポンと撫でながら、シルベスタはオクタヴィアを宥めた。

「ま、まあまあヴィアちゃん。これで両親公認になったと思えば色々省略できていいんじゃないかな？」

「そ、それはそうですけどぉ」

オクタヴィアは、早速お祝いだとバーベキュー会場に戻っていく面々の後ろ姿を見ながら、あの場面を皆に見られていた恥ずかしさと、お祝いされる嬉しさと、あの瞬間は自分だけで独占しておきたかったという悔しさとが胸の内で渦巻いていた。

そんな自分の感情を持て余していたオクタヴィアだったが、一定のリズムで頭を撫でられていることで段々と落ち着きを取り戻し、自分の頭を撫でているシルベスタの手を取り、スリスリと頬ずりした。

「ヴィアちゃん？」

急にそのような行動に出たオクタヴィアに、どうしたのかと声をかけると、目を瞑って手をスリスリしていたオクタヴィアが、シルベスタの胸に飛び込んできた。

「ずっと……」

「うん？」

「ずっと、こういうことがしたかったんです」

「そっか」

オクタヴィアが自分の胸にグリグリと頭を擦り付けているのを、されるがままにしているシルベスタは、そのままギュッとオクタヴィアを抱き締めた。

「僕も、ヴィアちゃんに抱き着かれるたびに、こうしたかったよ」

「……本当ですの？」

オクタヴィアは、今までのシルベスタの行動を思い出して、胡乱気な表情でシルベスタの顔を見上げた。

「当たり前だよ。僕のことを身体全体で好きだと表してくれている美少女が、こんなに密着してくるんだよ？　これでなにも思わなかったら男じゃないでしょ」

シルベスタの言葉に気を良くしたオクタヴィアは、さらにシルベスタにしがみ付く力を強めた。

「じゃあ、シルバー様は、もう我慢しないんですか？」

それは、まるで挑発とも取れる発言。

いや、明確な挑発だった。

シルベスタの胸元で、上目遣いになりながらそんなことを言うオクタヴィア。

そんな恋人を見て、シルベスタはフッと笑みを溢した。

「ああ、もう、我慢しない」

シルベスタはそう言うと、オクタヴィアの顎を持ち、クイッと上を向かせた。

顎クイだ！

咄嗟に理解したオクタヴィアは、顔を羞恥で真っ赤にしながらも、そっと目を閉じた。

そして、そんなオクタヴィアにシルベスタの顔が近付いていき。

その影が重なった。

しばらくして離れた二人は、少しの間見つめ合ったあと、お互い照れ臭そうに笑った。

「は、恥ずかしいですわ……」

「僕は、嬉しかったよ」

「！　も、もう！」

照れ隠しでシルベスタの胸をぽかぽか叩くオクタヴィア。

そんなやり取りすら、二人にとっては楽しくて仕方がなかった。

「さて、そろそろ行かないと、皆に怪しまれちゃうな」

「ですわね。まったく、あの覗き集団ときたら……」

二人揃ってバーベキュー会場に戻ろうとしたとき、二人は見てしまった。

もう会場に戻ったと思っていた皆が実はそんなに離れていない場所にまだいて、二人のやり取りをずっと見ていたのを。

そして、皆がニヤニヤしながらこちらを見ているのを。

「‼〰〰」

またもや皆に恥ずかしい姿を見られたことに、恥ずかしさが限界突破してしまったオクタヴィアは、またしても全力で魔法を放った。

「ばかあぁっ‼」

結局、その後バーベキュー会場にてシルベスタとオクタヴィアの『交際おめでとうパーティー』が催されたのだが、オクタヴィアは、終始膨れっ面だった。

　こうして、バーベキュー大会兼、シルベスタとオクタヴィアの『交際おめでとうパーティー』が終わったあと、オクタヴィアは父であるアウグストに呼び出された。

「なんでしょうか？　お父様」

　さっきからなんども恥ずかしい場面を覗き見されたオクタヴィアは、父であるアウグストに対して、実に素っ気ない態度を取る。

　そんな娘の姿に苦笑しながら、アウグストはあるモノを取り出した。

「ヴィア。これから、このペンダントを必ず着けていなさい」

　そう言って手に持ったペンダントをオクタヴィアに手渡した。

「？　なんですの？　これ」

　手渡されたペンダントをしげしげと見ながら聞いてみると、予想外な効果を告げられた。

「それは、身体に入った異物を排除するという、シンが昔作ったペンダントだ」

「へえ、異物を」

「ああ、それは魔石による常時起動の魔道具でな。例えば、病原菌とか毒物とか、そういった異物を身体に吸収させずに排除するというものだ」

「まあ、それは凄い効果ですのね。で？　なぜこのタイミングでこの魔道具を渡されたのですか？」

こんな魔道具があるなら、もっと前から渡してくれていればいいものを、なぜこのタイミングで渡してきたのだろうか？

そう疑問に思ったのだが、この質問に対しては、いつも明朗な答えを返してくるアウグストが回答を濁した。

「ああ、うん、それは、だな」

「はい」

珍しく言い淀む父を不思議そうに見つめるオクタヴィア。

ますます言い辛くなるのだが、言わなければこれを手渡した意味がない。

なので、アウグストは意を決してその効果を告げた。

「異物というのは、病原菌や毒物だけじゃない。特に恋人のいる女性は、男のアレが体内に入ることがあるだろう？」

「男のアレ……」

そこまで聞かされたオクタヴィアは、とうとうその真意を理解し、顔を真っ赤に染め上げた。

「あ、あう、あう」

「シルバーはもう独り立ちできているので責任を取れるが、お前はまだ学生だ。なので、ヴィアが学生でいるうちは、必ずそのペンダントを身に着けているように。分かったな」

「ふあっ⁉　ひゃ、ひゃい！」

「うむ。じゃあ、もう行っていいぞ」

「し、しつれいしまふ」

オクタヴィアは、真っ赤になって呂律も回らないままコテージにあるアウグストの寝室を出た。

アウグストの寝室ということは、妻であるエリザベートもいる。

「うーん、あの子にはまだ早かったんじゃないですか？」

エリザベートがそう言うが、アウグストは決してそうは思わない。

「今まであいつはシルバーに対して、ずっと想いを募らせてきていたんだ。叶わないかもしれないと思いながらな。しかし、その想いが成就した。その想いが溢れている今、ヴィアに歯止めが利くと思うか？」

「……怪しいですわね」

「だろう？　なら、交際を始めた今のうちに渡しておいて損はないさ」

そう言うアウグストに、なるほどと思いながら、エリザベートはようやく思いを成就させたオクタヴィアのことを思い浮かべた。

「あの小さかった子が、とうとう恋人をつくるようになりましたか」

「そうだなあ」

「もしオーグがあのペンダントを渡していなければ、来年には私たち、お爺様とお婆様になっていたかもしれませんわね」

エリザベートは自分でそう言いながら、ダメージを受けていた。

「お、おばあちゃん……」

「だから、それを回避するためにアレを送ったんだろう。変なダメージを受けるな」

「で、でも、ヴィアはあと二年半ほどで学院を卒業しますのよ？　そうしたら、もう時間の問題ではありませんか」

自分たちが父と母でいられるのはあと二年半。

それ以降は、自分たちは祖父母になっているかもしれない。

その現実を見せつけられて、アウグストは珍しく遠い目をした。

「時の経つのは早いなあ……」

「本当ですわねえ……」

親になったのもつい最近だと思っていたのに、もう祖父母になるのかと、あまりにも早い時の流れを、国王夫妻はしみじみと感じていた。

一方、両親の寝室を出たオクタヴィアは、あまりの衝撃に顔が火照(ほて)ってしまい、夜風に当たろうとコテージの外に出て来ていた。

もう夜も遅くなり、外を出歩いている人もいないため、辺りは静かである。

夜空を見ながら、先ほど父からもらったペンダントを眺める。

「異物排除の魔道具……」

確かに、病原菌や毒物などから身を護るものではあるが、実質父が示したのは避妊(ひにん)の魔道具としての効果である。

（ひ、避妊って……）

昨日まで考えたこともなかったその事実に、オクタヴィアは顔が火照ってしょうがない。

でも、シルベスタと恋人になったからには、そういう行為をすることもあるだろう。

それを考えるだけで、オクタヴィアは恥ずかしくて身悶(みもだ)えしてしまう。

そうやって外でクネクネしていると、足音が聞こえてきた。

「あれ？　ヴィアちゃん？」

「!?　シルバー様！」

近付いてきたのは、ついさっき恋人になったばかりのシルベスタだった。

シルベスタが近付いてきたことで、オクタヴィアはほぼ反射的にその胸に飛び込んだ。

その際、手に持ったペンダントのことは、すっかり忘れていた。

「あれ？　なにこのペンダント。こんなの持ってたっけ？」

「え？　あ！」

オクタヴィアは、ペンダントの効果を思い出して、途端に真っ赤になった。

「えと、あの、これは、さっきお父様に頂いたのですが……」

「オーグおじさんに？　なんだろう。王族に必要なもの？」

「そ、そうですね、王族にというか、恋人に必須というか……」

「？」

「あの、ですね」

オクタヴィアは、これ以上面と向かって話すのが恥ずかしかったので、シルベスタに耳打ちをした。

（避妊の魔道具ですの）

そう言われたシルベスタは、彼にしては珍しく顔を真っ赤にした。

「そ、そうか。確かに、恋人には必須だね……」

「はいぃ……これをさっきお父様から頂きまして……恥ずかしくてしょうがないので、外に涼みにきたのです」

「そうだったのかあ」

シルベスタはそう言うと抱き着いているオクタヴィアを引き離し、並んでベンチに座った。

そして、二人の今後について話し始めた。

「ヴィアちゃん」

「はい」

「僕はね、正直ヴィアちゃんとそういう関係になりたいと、そう思っている」

「ふえぇっ⁉」

「はは、そりゃ、そういう反応になるよね。だから、僕は無理強いはしない」

「え？」

「もし、ヴィアちゃんの心の準備ができて、そういう関係になってもいいと思ったら、関係を先に進めるということでいいかな？」

シルベスタがそう言うと、オクタヴィアはしばらく考えたあと、頷いた。

「うん、ありがとう」

「い、いえ！　こちらこそありがとうございます！　正直、シルバー様と思いが通じ合っただけで嬉しすぎて、その先のことをなにも考えていなかったのです。シルバー様が先のことまで、しかも私を優先して考えてくれて、とても嬉しいのです！」

必死にそう告げるオクタヴィアのことが愛おしくて、シルベスタはその唇に軽くキスをした。

すると、さっきまで必死だったオクタヴィアの顔が見る見る赤くなっていった。

「もう、シルバー様はいじわるです」

「はは、ゴメンゴメン」

「それで、その、私の覚悟が決まったときなんですけど……」

「うん」

「どうやって合図しましょう？」

「合図か……」

なにか二人だけのサインでも決めようかと思っていたが、ふとオクタヴィアが持っているペンダントが目に入った。

「それは、これからずっと着けているの？」

「あ、はい、お父様がそうしろって」

「ふーん。あ、じゃあ、普段はそのペンダントは服の中に隠しておいて、覚悟が決まったら服の外に出しておくことでどう？」

「あ、それいいですね！　そうしましょう！」

こうして、恋人になった初日、二人は夜が更けるまでイチャイチャしていたのであった。

そして、その様子も、実は皆に見られていることなど、二人は知(し)る由(よし)もなかった。

あとがき

『魔王のあとつぎ』二巻をご覧いただき、ありがとうございます。

吉岡剛です。

この二巻は、一巻に比べてバトル要素が激減して、ラブ成分多めでお送りいたしました。

まだ本編を読んでいない方にとってはネタバレになってしまいますが、このシルバーとヴィアのラストシーンは、シンとシシリーっぽくしようと前々から決めていました。

自分で書いておいてなんですが、ラブいですね。

また、こうしてカップルが成立する裏では、想いを遂げられずに涙する人が必ずいると思います。

大人になると「まあ、しょうがないかな」と簡単に割り切っちゃうんですが、学生時代を思い返してみると、そんなことがあった日にはもう滅茶苦茶凹んで、引き摺って、復活できなくなったりしましたねえ。

こういった学院ものを書くに当たって、なるべくその当時の感覚を思い出しながら書いてるわけで……ヘタレてチャンスを逃したこともあったなあ、とかそんな余計なことまで思い出してしまいました。

さて、この二巻なのですが、実は締め切り前に新型コロナに感染してしまいまして、締め切りを大幅に遅らせてしまいました。

担当S氏と菊池先生には多大なご迷惑をお掛けしてしまったことを、この場を借りて深くお詫びいたします。

申し訳ありませんでした。

……メッチャ気を付けてたんですけどねえ、どこで感染したのやら……。

滅茶苦茶しんどかったのですが、あれで軽症なんですね……。

こわ。

そんなタイトスケジュールの中、菊池先生には素晴らしいイラストを描いていただきました。

表紙のヴィア、凄いです。

そして、この本を手に取ってくださった皆様。

皆さまのお陰で、私は今日も小説を書くことができています。

本当にありがとうございます。

今後とも、よろしくお願いいたします。

二〇二三年　五月　吉岡　剛

■GW進行をスッカリ忘れて、
結構ギリまで行ってしまいました。
…申し訳ありません。

■ご意見、ご感想をお寄せください。

ファンレターの宛て先
〒102-8177　東京都千代田区富士見2-13-3　ファミ通文庫編集部
吉岡 剛先生　　菊池政治先生

FBファミ通文庫

魔王（まおう）のあとつぎ2

1822

2023年5月30日　初版発行
2024年10月10日　4版発行 ◆◇◇

著　者　吉岡 剛（よしおか つよし）
発行者　山下直久
発　行　株式会社KADOKAWA
〒102-8177 東京都千代田区富士見2-13-3
電話 0570-002-301（ナビダイヤル）
編集企画　ファミ通文庫編集部
デザイン　ムシカゴグラフィクス
写植・製版　株式会社スタジオ205プラス
印　刷　株式会社KADOKAWA
製　本　株式会社KADOKAWA

●お問い合わせ
https://www.kadokawa.co.jp/（「お問い合わせ」へお進みください）
※内容によっては、お答えできない場合があります。
※サポートは日本国内のみとさせていただきます。
※Japanese text only

ISBN978-4-04-737494-2　C0193

定価はカバーに表示してあります。

賢者の孫17

永遠無窮の英雄譚

著者／吉岡 剛
イラスト／菊池政治

既刊 1～16巻好評発売中！

異世界ファンタジーライフ、終幕

エリザベート暗殺計画を止めたシンたちアルティメット・マジシャンズ一行。それぞれが子供たちと楽しい日々を過ごす中、シンは養子・シルバーに「ぼくは何者なの?」と問われ、真実を話す決意をするのだが……。